Für meinen Vater, den ich fast vergessen hatte.

Ulrich Sichau

Unzugänglichkeitspole

Eine Annäherung

Biografischer Roman

Unzugänglichkeitspol

Als Pol der Unzugänglichkeit (auch Unzugänglichkeitspol oder Pol der Unerreichbarkeit oder Pol der relativen Unerreichbarkeit) bezeichnet man verschiedene Positionen auf der Erde, an Land oder auf dem Wasser, die eine maximale Entfernung zur nächstgelegenen Küste haben.

https://de.wikipedia.org/wiki/Pol_der_Unzugänglichkeit

Bibliografische Information der Deutschen Nationalbibliothek:
Die Deutsche Nationalbibliothek verzeichnet diese Publikation in
der Deutschen Nationalbibliografie; detaillierte bibliografische
Daten sind im Internet über dnb.dnb.de abrufbar.

Lektorat:
Merle Föhr, Viersen
Sofie Raff, March

Herstellung und Verlag: BoD – Books on Demand, Norderstedt

ISBN: 978-3-7562-0734-3

Vorwort

Eine ganze Generation, die nicht geredet hat, die schwieg und ihre Geheimnisse für sich behielt. Das ist die Generation, die dem Krieg und dem Nationalsozialismus in Deutschland, gewollt oder ungewollt, ausgesetzt war, die all das miterleben und ertragen musste. Diese Generation hat Kinder in die Welt gesetzt, denen es besser gehen sollte, die nicht belastet sein sollten von der Vergangenheit. Doch wie sollten sie Wurzeln schlagen, ohne die alten Geschichten der Väter und Mütter zu hören?

Dieser Roman ist der Versuch, meinen Vater kennenzulernen. Er, der nie über sich und sein Leben erzählte, wird zu Fiktion. Nur anhand der spärlich bekannten Fakten rekonstruiere ich ein Leben, das so nie stattgefunden hat, aber vielleicht so hätte stattfinden können. Auch der Protagonist Philipp, der Sohn, der sich bemüht, eine Verbindung zum Unbekannten, zum Unzugänglichen herzustellen, ist eine erfundene Person. Wie ähnlich ist er dem Vater und welche Geschichte führt er fort, die schon lange vor ihm begann?

März 2022

Inhalt

Abwege und Umwege

Er hatte es gerade noch geschafft. Die Türen schlossen sich bereits, als er im letzten Moment den Sprung riskierte und ins Wageninnere stolperte. Es war nicht seine Art, die Dinge unvorbereitet und unter Zeitdruck anzugehen. Üblicherweise plante er mit viel Reserve; Stress und Hektik mochte er nicht. Doch heute, schon als er aufgestanden war, stimmte der Plan nicht mehr. An irgendeinem Punkt hatte er falsch kalkuliert. Wie immer war er am Abend zuvor die Zeiten durchgegangen: Morgentoilette, Frühstück, Hotelabrechnung, für alles hatte er angemessene Zeiten eingesetzt und seinen Wecker entsprechend gestellt. Er hatte nicht gut geschlafen, das stimmte, rechtzeitig aufgestanden war er trotzdem. Das Hotelzimmer hatte er fluchtartig verlassen. Nicht einmal die Tasse Kaffee hatte er sich gegönnt. In der Lobby hatte ihn dann noch die Hotelmanagerin in ein Gespräch verwickelt, vielleicht war das der Punkt, an dem alles durcheinander geriet.

Immerhin war er jetzt im Abteil und hatte die freie Platzwahl, denn der Zug war so gut wie leer. Offensichtlich hatte sich noch nicht herumgesprochen, dass die Lokführer ihren Streik beendet und ihren Dienst wieder angetreten hatten. Einige Tage zuvor hatte Chaos im Bahnbetrieb geherrscht und er hätte sich fast entschieden, seine Geschäftstour abzusagen. Jetzt war er froh, es nicht getan zu haben. In diesem Fall hatte er richtig spekuliert und auf die Einigung der Bahn mit den Streikenden gesetzt.

Philipp war unterwegs. Vor drei Jahren erst hatte er diesen Job angetreten. Er verkaufte Software, nützliche Software glaubte er zumindest , und er konnte seinen Kunden überzeugend gegenübertreten. Philipp war nicht nur Verkäufer, sondern er schulte auch das Personal, wenn die Software dann tatsächlich verkauft war. Und dieser Teil des Jobs machte ihm wesentlich mehr Spaß. Da ging es nicht mehr um Erfolg und Verkaufsprämien. Es ging um Eleganz und spielerische Effektivität im Umgang mit Daten und Zahlen. Philipp war ein leidenschaftlicher Ordnungsmensch. Er liebte es, das Chaos zu entwirren, Schubladen zu füllen und zu schließen, zu etikettieren, Inhaltsverzeichnisse anzulegen und zu katalogisieren. Er fand es genial, wenn Räume fast leer waren und sich Oberflächen matt glänzend und ohne optische Störung vor ihm auftaten. Den letzten Staub pustete er mit einem Lächeln weg. Erst dann griff er zur Maus oder tippte in die Tastatur, um Strukturen auf dem Bildschirm sichtbar zu machen. Der Höhepunkt seiner Arbeit – und darauf steuerte Philipp bei seinen Schulungen jedes Mal zu – wenn er mit einem kleinen, zarten Mausklick, mit einer winzigen Bewegung auf der Tastatur ein vielsagendes Detail aus dem Chaos, ein kleines Attribut, vielleicht einen Farbklecks, ein Datum, eine Zahl, einen Avatar auf die leere Bildschirmoberfläche zaubern konnte. Fast immer rief er damit freudiges Erstaunen oder zumindest anerkennende Zustimmung bei den Mitarbeitern hervor für das, was *seine* Software leistete.

In diesen Momenten war es tatsächlich „seine" Software, auch wenn er sie nicht selbst programmiert hatte. Doch das Programmierteam hatte viele seiner Anregungen übernommen, die er in den letzten Jahren, seit er diesen Job machte, zurückgemeldet hatte. Darauf war er stolz.

Philipp war auf dem Weg nach Berlin. Er hatte bereits zwei Einsatzorte hinter sich und die Schule in Berlin-Mitte war die letzte Station seiner Geschäftsreise. Das Softwareunternehmen, für das er tätig ist, entwickelt Verwaltungsprogramme für Schulen. In der Hauptstadt sollte er an dieser großen Einrichtung die Mitarbeiter in das neue Programm einweisen. Die Kaufverträge waren bereits unter Dach und Fach, die Software vor Ort installiert. Alles war auf einem guten Weg: Er saß im Zug, seine Termine würde er pünktlich einhalten können.

Aber Berlin machte ihn irgendwie nervös. Er war schon vor der Wende in Westberlin gewesen und auch nach dem Mauerfall hatte er die Stadt bereits zwei Mal besucht – doch er hatte nicht nur gute Erinnerungen.

Sicher, das Leben in dieser Weltstadt, die Musik, das Theater, die Poetry-Slammer, die bunten Graffiti auf dem grauen Beton – das alles hatte ihn beeindruckt, es hatte ihm gefallen. Doch da waren auch die Dealer, die Taschendiebe, die Psychopathen, die einem fast ständig über den Weg liefen, sich nicht versteckten oder untertauchten, die sich einem in den Weg stellten und nicht auswichen, wenn man auf sie zukam.

Philipp würde im Grunde nur zwischen seinem Hotel und dem Einsatzort pendeln. Aber ein

Taxi war in seinem Budget nicht vorgesehen, er würde sich dem Unvorhersehbaren auf den Straßen oder in der S-Bahn nicht ganz entziehen können. Vielleicht würde er sich auch abends mit seinen Kunden treffen müssen, wegen der Arbeitsatmosphäre und der Gruppendynamik und so. An einen Rückzug ins sterile, aber störungsfreie Hotelzimmer war letzten Endes nicht zu denken.

Der Zug war losgefahren, gemächlich verließ er Frankfurt Richtung Osten. Philipp ordnete seine Papiere: Die Hotelrechnung kam in der Mappe nach hinten, die neue Hoteladresse und die Fahrkarten nach vorne. Die modernen Bahnfahrkarten erstaunten ihn immer wieder, komplizierte, mit Zahlen und Hinweisen gespickte Ausdrucke waren das. Wie einfach war es in seiner Kindheit und Jugend gewesen, als er allein unterwegs war. Eine kleine Karte, höchstens vier mal sechs Zentimeter, mit sechs horizontalen eingerahmten Reihen, in die man seinen Zielbahnhof mit einem Stift eintragen konnte. Weitere Angaben waren nicht notwendig, keine Zugnummer, keine Sitzplatzreservierung, keine Umstiege, kein Preis. Nur das Ziel war wichtig. Sechs Einträge pro Kalenderjahr, sechs Fahrten, wohin man wollte, und das jedes Jahr aufs Neue. Das war die Vergünstigung, die Angehörige von Bahnmitarbeitern zugesprochen bekamen und sein Vater arbeitete bei der Bahn. Damals war er stolz darauf gewesen, einen solchen Fahrschein zu besitzen, und er ließ keine der Freifahrten verfallen. Die kleinen Kärtchen bekamen seine Geschwister und er, auch wenn sein Vater im damaligen Staatsbetrieb kein Beamter war. Er rangierte mit kleinen Loks auf Gleisen, draußen, er machte sich die Hände schmutzig, bei jedem Wetter, Tag und Nacht. Viel wusste Philipp nicht davon, er ahnte nur, wie es dort zuging, sein Vater sprach nie über die Arbeit.

Jetzt war er wieder in seine Gedanken gesprungen, der Vater, der sich reindrängte. In den letzten Wochen war es ihm immer wieder passiert. Eigentlich hatte er gedacht, dass er mit diesem Thema, mit dieser Person schon längst abgeschlossen hätte. Der Vater war seit langer Zeit tot, lag in seinem Grab, das Philipp nur wenige Male besucht hatte, sich immer damit entschuldigte, der Weg dorthin sei zu weit, der Aufwand lohne nicht.

Dann, im Mai, war diese Nachricht aufgepoppt, sein Bruder hatte sie geschickt, an ihn und die Geschwister. Der hundertste Geburtstag des Vaters würde sich jähren. Fast schon übertrieben feierlich klang diese Botschaft für Philipps Geschmack. Konnte man den Geburtstag einer Person feiern, die schon tot war? Irgendwie schien es ihm paradox und Philipp hatte gezweifelt. Und doch ließen ihn die Gedanken an den Vater nicht mehr los. Vor drei Jahren erst war die Mutter gestorben. Tränen waren geflossen und Philipp trug sich ihren Todestag in seinen Kalender ein, wollte mindestens einmal jährlich daran erinnert werden. Und an den Vater? Lieber nicht? Er hatte sogar sein Todesdatum vergessen, musste es in den Erbschaftsunterlagen recherchieren. Philipp wurde plötzlich klar, dass es ein Hirngespinst war, den Vater ablegen zu können wie eine staubige Akte. Er ahnte, dass dieser Mann mehr mit ihm zu tun hatte, als er sich bisher eingestehen wollte. Dabei wusste er nichts von ihm, nur rohe Daten, in vielen Details noch nicht einmal plausibel.

Philipp ließ die Gedanken an ihn zu. Er merkte, dass diese Reise ihn offenbar nicht nur nach Berlin führen würde, sondern auch auf den Weg zu seinem Vater. Und wenn er ihn nicht finden sollte, hätte er zumindest einem einsamen Mann die ihm gebührende Aufmerksamkeit geschenkt.

Hof und Hühner

Da stand er, allein, um ihn herum der große Hof, vor ihm der Hühnerstall. Er spürte sich als Person, als Persönlichkeit, als etwas Eigenständiges, als abgetrennt von den anderen. Im Hühnerstall sein Vater, er fütterte die Tiere. Es waren auch drei oder vier Gänse dabei, große, Furcht einflößende Vögel. Sein Vater stand ganz ruhig zwischen ihnen, ohne Hektik streute er das Körnerfutter vor ihnen aus. Die kleinen Hühner sprangen an ihm hoch, um das Futter direkt aus seiner Hand zu picken. Fast schon zärtlich beruhigte er die Tiere mit Piepgeräuschen, nie war er laut oder unwirsch im Hühnerstall.

Nach dem Füttern saß er auf seinem Schemel vor dem Stall. Friedlich, stolz und mit sich selbst im Reinen. Sein Vater betrieb ein Geschäft mit seinen Tieren: Die Eier wurden verkauft, ab und zu für die Stammkundschaft ein Suppenhuhn, von ihm selbst geschlachtet, gerupft und ausgenommen. In den späten Fünfzigerjahren war das noch richtig einträglich. Es gab noch keine Konkurrenz durch Supermärkte und Discounter. Als Philipp Fahrrad fahren konnte, war er der Bote, lieferte die Ware aus und verdiente sich das Trinkgeld. Wehe, wenn etwas zu Bruch ging auf seiner Tour, die Reaktion des Vaters war handfest.

Philipp war fast neidisch auf die Hühner: So viel Anteilnahme und Zuspruch hätte er für sich gewünscht. Doch dieser Wunsch blieb unerfüllt. Die Geduld für ihn und seine Geschwister hatte sein Vater nicht. Es wurde laut geschrien. Philipp musste darauf gefasst sein, dass er wütend wurde und hinter ihm her war, wenn er nicht mit dem einverstanden war, was sein Sohn veranstaltete. Philipp konnte diesen Widerspruch im Auftreten seines Vaters den Tieren und seinen Kindern gegenüber nie für sich entschlüsseln. Sein Verhalten blieb ihm ein Rätsel und war unvorhersehbar; alles konnte passieren, zu jeder Zeit.

Philipp ging seinem Vater aus dem Weg, das war die sicherste Methode, sich vor den plötzlichen Wutausbrüchen zu schützen. Manchmal ahnte er die Auslöser für die Wut: Unordnung, Schmutz, Aufmüpfigkeit, Ungehorsam. Es konnte sein, dass sein Vater ausrastete, wenn die Schuhe noch dreckig im Flur standen, sie nicht auf Hochglanz geputzt waren vor dem nächsten Schultag, die Kleidung nachlässig oder die Haare zu lang waren. Manchmal konnte es auch einfach ganz unerwartet geschehen, der Grund dafür war für ihn nicht immer greifbar.

Viel seltener – aber auch das geschah – gab es positive Erlebnisse mit seinem Vater: ein Einkauf in der großen Stadt und der Vater war der spendable Begleiter. Er ließ sich nicht lumpen, wenn Philipp neue Schuhe brauchte oder eine Winterjacke, einen Anzug für die Kommunion. Entschieden, selbstbewusst und stolz befahl er den Angestellten, die passende Kleidung zu präsentieren. Der Preis war wichtig, noch wichtiger aber die Qualität der Ware. Ob es dem Sohn gefiel, spielte wiederum kaum eine Rolle.

Dies waren Ausnahmeerlebnisse, an einer Hand abzuzählende Höhepunkte, die monumental hervorragten im Lebenslauf eines Kindes. Das andere, das Schlimme ragte nicht hervor, wollte man schon gar nicht zählen, konnte abgehakt werden, vielleicht...

Doch es blieben die schwarzen Löcher, das Nie-Gesagte, das Nicht-Vorhandensein von Beziehung. Zwischen was und wem? Zwischen Vater und Sohn?

Philipp wusste es damals nicht, es war für

ihn keine Dimension in seinem Universum des Durchkommens, des sich Wegduckens, des Unsichtbar-Seins. Seine Erde war eine Scheibe.

Landschaften

Ob das immer noch so funktionierte mit dem Rangieren? Wagen aneinanderhängen, von einem Gleis aufs andere bugsieren, in die richtige Reihenfolge bringen, einkuppeln, die Elektrik und die Hydraulik vernetzen? Philipp hätte es gerne gewusst, als er jetzt mit dem ICE den Frankfurter Bahnhof verließ. Der Zug musste sein Tempo drosseln, zu viele Weichen waren zu kreuzen, die richtige Spur musste noch gefunden werden. Überhaupt konnte man die einzelnen Wagen fast gar nicht mehr erkennen, so sehr gingen sie ohne optische Trennung ineinander über. Der Großraumwagen, in dem Philipp jetzt saß, war lang; mit den früheren Waggons gar nicht mehr zu vergleichen.

Philipp genoss das Zugfahren – spätestens, wenn die Außenbezirke der großen Städte allmählich aus dem Blick verschwanden. Meist sah man dort noch hässliche Gegenden, Fabrikhallen, Ruinen, Lagerplätze oder Baustellen; die Wände besprüht mit unleserlichen Graffiti, erschaffen von irgendwelchen Künstlern, deren Botschaften ungelesen und unverstanden in diesen Hinterhöfen der Städte jeden Tag, wenn auch unmerklich, immer mehr verblassten. Philipp hatte sich schon immer gefragt, was diese Sprüher eigentlich wollten. Wen wollten sie ansprechen, wenn sie an der Rückwand einer Lagerhalle, unter Autobahnbrücken und nie genutzten Unterführungen ihre Weisheiten hinmalten? Lediglich da hatten sie ihre Fläche, nur da trauten sie sich zu sprühen, dort, wo es nur von Weitem zu sehen war, wo kein Mensch war und sich nur selten einer hin verirrte, alles vergeblich.

Die Landschaft war jetzt angenehmer. Es war später Winter und auch wenn sich jetzt alles nur in Grautönen zeigte, so konnte man schon die Bilderbuchmotive erahnen, die spätestens mit dem ersten Grün und Rot und Gelb demnächst die Welt verzieren würden. Vielleicht war es Kitsch, aber Philipp konnte sich dem nie entziehen. Wie bei der Spielzeug-Eisenbahn, nur in Groß. So präsentierten sich jetzt die Hügel und Wälder, die Wiesen, von Bächen durchzogen, auf denen es bald in allen Farben leuchten würde. Sogar die kleinen Häuser mit den roten Ziegeldächern, die Kirchtürme und Schornsteine, weit in der Ferne, alles schien wie komponiert, gewollt, mit Absicht dahingestellt.

Philipp wusste genau, man durfte nicht anhalten, nicht aussteigen, sich das Ganze nicht aus der Nähe ansehen. Sofort wäre das Bild zerstört. Schmutz, Abfall, Baustellen und Kräne, rot-weiße Absperrbänder, die den Zutritt verwehrten: All das entsprach niemals den Bildern, die im Vorbeifahren zu sehen waren, die flüchtig zufrieden machten und einen von einer besseren Welt träumen ließen.

Unter diesen angenehmen Bildern bevorzugte er die hügeligen Landschaften. Die Ebenen, auch schön, doch viel zu weit und ohne Ende. An jenen Tagen im Sommer oder an Nebeltagen im Herbst wusste man nicht, wo Erde und Himmel sich trennten, das war Philipp fast unheimlich. Das Hochgebirge, auch irgendwie schön, doch hier schien es Philipp, als sei das erträgliche Maß an Kitsch bereits weit überschritten. Die grauen Felsen der Berge, die in das klare Blau des Himmels schnitten, das war ein zu starker Kontrast. Und dann die vielen Tunnel, durch die die Züge hindurchfuhren, immer wieder Dunkelheit, immer wieder Nacht und Unterbrechungen.

Die Landschaft, die jetzt vorbeiflog, war

beruhigend. Philipp hatte seine Aufregung vom Morgen fast vergessen. Er würde um die Mittagszeit in Berlin sein, sein Hotel beziehen und hätte noch den ganzen Tag Zeit, sich auf den nächsten Arbeitstag vorzubereiten und alles neu zu ordnen. Er war zuversichtlich, dass alles gut gehen würde. Philipp verzichtete darauf, seinen Laptop auszupacken, um Mails zu überprüfen oder den Testdatenbestand noch einmal durchzugehen, den er morgen in der Schulung einsetzen wollte. Er war sich sicher, dass alles passte. Die Daten waren anonymisiert, alles Mustermänner und Musterfrauen, keine Fakten, die Rückschlüsse auf lebende Personen oder Einrichtungen zuließen. Damit entsprachen seine Einweisungen den Datenschutzverordnungen, auf die immer mehr und immer penibler geachtet wurde. Dadurch waren diese Schulungen aber auch langweilig und lebensfremd. Philipp wusste, dass er seinen Vortrag mit Anekdoten anreichern musste, um sein Publikum bei Laune zu halten. Aber auch das hatte er in petto und er konnte sich auf seine Schlagfertigkeit verlassen. Seine Selbstsicherheit war wieder hergestellt, er war zufrieden. Die Landschaft schläferte ihn ein.

Engelsburg 1926

Die Mutter war streng, sie hat ihn nach draußen geschickt, in den Hof. Jetzt steht Otto da, fühlt sich wieder einmal ungerecht behandelt. Er war wohl zu laut in der Stube, als die Mutter dem kleinen Bruder die Brust gegeben hat. Seit dieser in sein Leben geplatzt ist, hat sie noch weniger Zeit für ihn. Otto soll den Hof rechen, zur Strafe die größeren Steine aus den Fahrspuren entfernen, alles herrichten für den Sonntag. Der Pastor hat sich angekündigt, zum Mittagessen. Otto wird das Tischgebet aufsagen müssen, ohne Stottern, ohne Fehler, sonst setzt es was. So wie sie es ihm beigebracht hat, jeden Abend aufs Neue. Er auf den Knien vor ihr, sie mit unbarmherzigem Blick, bis er es auswendig konnte.

Seine Mutter ist schön, findet er. Dunkelbraunes Haar, hochgesteckt zu einem Kranz auf dem Kopf, dunkle große Augen, denen nichts entgeht, die alles im Blick haben, jede Kleinigkeit fällt ihr auf. Sie ist jung, selbst gerade erst erwachsen geworden, aber sie ist eine Erwachsene, als wäre sie nie Kind gewesen. Ihre Anweisungen dulden keinen Widerspruch, auch der Vater muss sich ihnen fügen und er tut es, ohne zu murren. Otto ist schon sechs und doch wäre er gern zu ihr auf den Schoß geschlüpft, hätte sich in ihre Arme gelegt, ihre Haut, ihre Wärme gespürt. Doch das geht nicht mehr, zu viel hat sie zu tun: Im Haus, im Garten, in der Küche, abends, wenn die alten Frauen aus dem Gebetskreis zu ihnen in die Wohnstube kommen. Er wird jedes Mal weggeschickt. Er stört, er soll seine Aufgaben erledigen. So wie der alte Knecht, der manchmal in der Woche zu ihnen auf den Hof kommt und von der Mutter angewiesen wird, dieses oder jenes im Stall oder auf dem Feld zu erledigen. Immerhin, das macht Otto gern, die Tiere füttern, die Hühner mit Körnerstreu versorgen. Wenn er den kräftigen Gaul am Abend mit Stroh abreibt, ihm Heu in den Stall wirft, sogar wenn er die Schweine mistet. Da ist er für sich, ohne den strengen Ton der Mutter; das dichte Fell des Gauls wärmt ihn.

Der Vater ist stumm. Otto hört ihn selten längere Sätze von sich geben. Manchmal mit der Mutter, wenn der Sonntag besprochen wird, der Pastor sie besuchen will und der Vater Speck und Bauchfleisch aus der Kammer bringen soll. Abends, beim Gebet zur Nacht, wenn der Vater hinter der Mutter steht, der er gerade auf Knien sein Gebet aufgesagt hat, und er ihm leise eine gute Nacht wünscht. Mehr Worte werden nicht gewechselt.

Ihr Hof ist nicht der größte in Engelsburg, aber es gibt Nachbarn, die sind noch ärmer dran als sie. Doch sie müssen kämpfen, damit es vorangeht. Der Vater schuftet jeden Tag auf dem Feld und im Stall; nur manchmal kommt der alte Knecht, um mitzuhelfen. Die Mutter kocht ein, trocknet Früchte, lagert die Kartoffeln, übernimmt Arbeiten aus dem Dorf, näht und flickt Wäsche, stickt Tischdecken.

Und jetzt ist noch der kleine Bruder da. Ein weiterer Esser, aber bald wohl auch ein weiterer Helfer auf dem Hof. Engelsburg ist klein, nur wenige Höfe, die zerstreut und mit einigem Abstand wie zufällig beieinanderliegen. Es gibt andere Kinder, sogar gleichaltrige, aber sie können fast nie zusammen sein, denn auch sie müssen auf ihren Höfen helfen, haben ihre Aufgaben. Manchmal trifft man sich auf der Dorfwiese und spielt Völkerball, erkundet heimlich die Ruinen der Engelsburg und spielt Verstecken. Sonntags sieht man sich in der kleinen Dorfkirche. Man wirft sich Blicke zu, hätte sich gerne auf dem Dorfplatz getroffen, doch die Mütter erlauben es nicht, der Sonntagsanzug könnte schmutzig werden.

Später dann in der Dorfschule, da sitzen sie zusammen in ihren Reihen. Doch auch hier gibt es nicht viel zu reden, weil der Lehrer jedes Wort verbietet, und nach der Schule bleibt keine Zeit – die Mutter wartet schon oder der Vater braucht ihn auf dem Feld.

Manchmal, wenn er hinüberschleicht zur alten Ruine, hat Otto das Gefühl, dass die Welt größer ist als ihr Hof und die Ansammlung von Häusern. Sie dürfen nicht dorthin, die Ruine ist baufällig und zugewachsen, das Mauergestein ist lose und bröckelt vor sich hin. Er klettert trotzdem auf den Turm, das ist ganz einfach: den Baum, der daneben wächst, hoch, ein kleiner Sprung und schon ist er oben. Dort hat er die beste Aussicht über das flache Land. Er stellt sich die Ritter vor, die in alten Zeiten von hier aus das Land bewachten. Otto wünscht sich fort, dorthin, in Richtung Osten, wo es keine Grenze zu geben scheint. Dorthin, wo nichts im Weg steht, wo man immer weiter gehen kann, ohne Ende und so vielleicht den Anfang finden kann.

Reisen

Der vorbeirollende Getränkewagen hatte ihn geweckt, die Flaschen und das Besteck klirrten und schepperten. Philipp konnte gerade noch hinterherrufen und einen Becher Kaffee ordern, den Kaffee, der ihm am Morgen gefehlt hat. Die junge Frau, die ihn bediente, lächelte und hätte ihm gerne noch mehr verkauft, doch Philipp war mit dem großen Becher zufrieden. Er war großzügig mit dem Trinkgeld, sie dankte höflich.

Philipp erinnerte sich an seinen Vater, der im Zug auf Reisen ein komplett anderer Mensch war. So kam es ihm zumindest im Rückblick vor: Weltgewandt und welterfahren – so kannte er ihn sonst nicht. Er war unterwegs wie ein Geschäftsreisender, Holzeinkäufer oder Getreidegroßhändler: keine Verlegenheit, keine Schüchternheit. Einmal fuhren sie durch den Schwarzwald nach Schopfheim Verwandte besuchen; die wenigen Verwandten des Vaters, die es noch gab. Philipp wusste nichts über sie, sein Vater klärte ihn nicht auf. Waren es Tanten, Schwestern der Mutter seines Vaters? Auf jeden Fall waren es Vertriebene aus der Heimat. Es hatte sie an ein anderes Ende Deutschlands verschlagen, in eine für sie ganz neue Welt mit einer ganz neuen Sprache.

Als der Zug sich durch die Berge schlängelte, vorbei am Titisee, der wie auf einer Postkarte in der Sonne glänzte, kam es Philipp so vor, als könnte es tatsächlich ein Ende der Welt geben. Alles war so klein, einzig und einsam.

Die Tanten hatten keine Kinder, keine Ehepartner. Keine Gelegenheit oder sie waren tot, Philipp wusste es nicht. Er wurde ins Bett geschickt am Abend, wenn der Vater mit den alten Damen beisammensaß. Sie redeten miteinander, vermutlich viel. Was sie sich erzählten, hat Philipp nie erfahren, es blieb hinter verschlossenen Türen, ein Geheimnis. Er spürte nur, dass es dem Vater gut ging, er blühte auf. Kein böses Wort, keine Zurechtweisung, keine Ungeduld. Der Vater genoss die vorhandene Verwandtschaft, denn die Eltern, Philipps Großeltern, lebten nicht mehr, soviel wusste Philipp. Was mit ihnen passiert war, wann, wo und wie sie gestorben waren, hat Philipp nie erfahren. Sein Vater blieb stumm.

Die Ansage im ICE kündigte Erfurt an, Berlin war nicht mehr weit. Auch sein Vater ist diese

Strecke gefahren, nach seinem Unfall, alleine, ohne die Mutter. Er fuhr überall hin: nach Köln, in den Norden, sogar nach England, um dort einen seiner Söhne zu besuchen, Philipps älteren Bruder. Was er in Berlin wollte, wusste Philipp nicht. Vielleicht gab es einen Cousin oder eine Cousine? Irgendetwas hat er gesucht auf diesen Reisen, vielleicht hat er es sogar gefunden. Doch genauso überraschend, wie das Reisen begann, hat er es auch wieder aufgegeben. Er saß dann in seinem Hof vor seinem Hühnerstall und hat nachgedacht, gegrübelt, vor sich hinsinniert. Welches Ziel der Vater hatte und ob er es je erreichte, wusste niemand.

Philipp stellte seinen Becher ab, den er die ganze Zeit in den Händen gehalten hatte. Der Kaffee war nur noch lauwarm, nicht mehr genießbar. Vielleicht sollte er lieber an morgen denken, es sollte nichts schief gehen, wenn er die Lehrkräfte in das neue Programm einweisen wollte. Er wusste ja, dass immer jemand dabei war, der nur gezwungenermaßen an der Schulung teilnahm. Jemand, der seine Schülerdaten und Zeugniseinträge gerne weiterhin mit Hand und Füller auf Papier gebracht hätte, weil das doch zum persönlichen pädagogischen Auftrag gehöre. Diese Pädagogen befürchteten, dass mit der Einführung des neuen Programms, mit dem Einsatz von vorgefertigten Textbausteinen und Noten der Kontakt, die Beziehung zu den Schülern verloren ginge. Was sollte Philipp diesen Einwänden entgegensetzen, wenn er selbst nicht unglaubwürdig werden wollte? Bisher hatte er es immer hingekriegt. Doch die leichte Nervosität vom Morgen war wohl doch noch nicht ganz verflogen...

Spiele

Sie rannten im Hof um die Wette, dem Ball hinterher. Ein verunglückter Schuss und der Ball landete im Kartoffelfeld neben dem Hof. Schnell umschauen, ob nicht der Vater um die Ecke kam. Hatte er es gesehen, gab es Gebrüll und Fußballverbot. Philipp war auf der Hut, es konnte jederzeit ernst werden, das Spiel konnte sehr schnell zu Ende sein. Immer wieder war der Vater auch tagsüber zu Hause, weil er im Schichtbetrieb arbeitete. Morgens schlief er wegen der Nachtschicht, seid leise, sagte die Mutter dann. Mittags war er in der Küche, im Keller, in der Werkstatt, im Garten, eigentlich überall. Philipp ahnte stets die Gefahr, fürchtete das Ende des Spiels.

Heute war Samstag und etwas Besonderes lag in der Luft, etwas ganz Großes. Der Onkel kam zu Besuch, der nette, fröhliche, witzige Onkel. Philipp mochte ihn, er war Eisenbahner wie der Vater, aber im Bahnbetrieb ein oder zwei Etagen höher angesiedelt. Der Onkel kam mit einem Wunderding, einem Auto, das hatte er ganz neu erworben und wollte es jetzt stolz vorführen, fuhr in den Hof mit dem glänzenden Gerät. Und wie sein Vater strahlte – Philipp stand sprachlos daneben, sprachlos wegen dieser knatternden Kiste und wegen des lachenden Vaters.

Eine Probefahrt war fällig. Der Vater besaß keinen Führerschein, also blieb nur der Beifahrersitz. Und viel mehr an Sitzen gab es nicht, denn das Ding war eine Isetta: eine Tür, die sich inklusive Lenkrad nach vorne öffnete, eine Sitzbank und sonst nichts weiter. Der Onkel lenkte, der Vater saß daneben und wer noch mitwollte, musste auf Vaters Schoß. Philipp wusste nicht, wie ihm geschah: Ein stolzer, freudiger Onkel, ein lachender, feixender Vater und er in dessen Armen, wann hatte es so etwas schon einmal gegeben.

Die Fahrt führte zum kleinen Segelflugplatz am Rande der Stadt. Dort konnte man fahren und Runden drehen und hupen. Fast den ganzen Tag verbrachten sie dort und noch eine Runde und noch ein Kind auf dem Schoß. Alle durften mitfahren, aber der Vater war jede neue Runde dabei, wie angewurzelt saß er auf dem Beifahrersitz, wie ein König, ein gnädiger König. Für Philipp hätte der Tag nicht enden dürfen.

Abschied

Er kommt von der Schule und wieder steht das schwarze, große Fahrrad vor dem Haus. Otto weiß, es gehört dem Arzt, der kommt aus Graudenz herübergefahren und ist in dieser Woche schon das zweite Mal hier.

Mutter geht es schlecht, schon seit Tagen. Er darf nicht zu ihr, er weiß nicht, was ihr fehlt. Sie bräuchte ihre Ruhe, ihren Schlaf ohne Störung durch Kinder. Die Großmutter erwartet ihn an der Haustür, mit sorgenvollem Blick und geröteten Augen. Eigentlich ist es keine Überraschung, dass sie da ist: Sie wohnt nicht weit weg, hat bis zu ihrem Haus nur einen kurzen Fußweg. Immer, wenn sie Zeit hat, kommt sie und hilft Mutter beim Nähen oder beim Frühjahrsputz. In den letzten Tagen ist sie oft aufgetaucht, weil Mutter sich nicht wohlfühlt. Sie schiebt ihn gleich in die Küche. Die Schlafzimmer sind im oberen Stockwerk, kein Laut ist von dort zu hören. In der Küche sitzt der kleine Bruder am Boden, hat die Bauklötze vor sich und spielt stumm vor sich hin. Er hat schon sehr früh verstanden, wann er etwas fordern darf und wann er Ruhe geben muss.

Großmutter hat Eintopf gekocht. Sie füllt Ottos Teller auf dem Tisch und weist ihn an, sich zu setzen und zu essen. Ob der Vater auch zu Hause ist, weiß er nicht. Üblicherweise hat er zu tun und arbeitet auf dem Feld oder im Stall. Ist das ein gutes Zeichen, dass er nicht im Haus ist? Ist alles nicht so schlimm? Wird es der Mutter bald besser gehen?

Otto löffelt seinen Eintopf ohne großen Appetit. Draußen leuchtet die Sonne, golden und immer noch wärmend. Am Morgen auf dem Schulweg hat er sie noch nicht sehen können, der Nebel kroch tief über die Felder und er hat gefroren in seiner kurzen Hose.

Dein Vater braucht dich! Die Anweisung der Großmutter ist knapp und eindeutig. Er weiß, dass die Kartoffelernte in vollem Gang ist. Vater hat in diesem Jahr ein großes Feld angelegt. Die Kartoffeln in Körben sammeln, ist schon immer die Arbeit der Kinder, sie haben es leichter, sich zu bücken. Und die Ernte ist bedeutend für sie, so viel hat Otto begriffen. Sowohl für die Familie selbst als auch für den Verkauf; die Kartoffeln sind eine wichtige Einnahmequelle.

Otto widerspricht nie, wenn er aufgefordert

wird zu helfen. Schon immer ist es für ihn selbstverständlich, dem Vater zu folgen, wenn er ruft, wenn er ihn braucht. Aber heute wäre Otto am liebsten auf dem Hof geblieben. Er wäre gerne zur Mutter hoch, stellt sich vor, an ihrem Bett zu sitzen, ihre Hand zu halten, ihr den Fieberschweiß von der Stirn zu tupfen.

Und was ist mit Mama? Ottos Versuch, in der Nähe bleiben zu dürfen, ist schüchtern. Doch auch wenn die Großmutter kurz zögert, fast ein kleines, verständnisvolles Lächeln zeigt, bleibt sie bestimmt: Dein Vater schafft es nicht allein, du musst ihm helfen.

Otto kann nichts mehr entgegnen. Er ist jetzt elf Jahre alt, er kennt die Notwendigkeiten und Zwänge auf dem Hof, da gibt es kein Vertun. Der kleine Bruder blickt fragend zu ihm hoch. Ob er mit mir in den Hof zum Spielen geht? Diese Sehnsucht ist ihm ins Gesicht geschrieben. Aber auch er scheint zu spüren, dass heute alles anders ist, dass nichts wie immer ist, und er versucht gar nicht erst, sich an den großen Bruder zu klammern. Still nimmt er seine Klötze und baut an seinem Turm.

Es gibt nicht viel zu reden auf dem Feld. Der

Vater winkt ihn zu sich, drückt ihm den Korb in die Hände. Er hält die Zügel des alten Gauls, der den Pflug zieht und die Erde in einer Spur aufgewühlt hat. Das ist jetzt seine Arbeit: die Erdäpfel aufklauben und in den Korb füllen. Der alte Knecht steht am Hänger. Er wird Ottos volle Körbe holen und leeren und Otto wird weitere Körbe füllen, bis zum Abend. Aber seine Gedanken sind im Schlafzimmer bei der Mutter. Otto sorgt sich, betet leise vor sich hin, alle Gebete, die er auswendig kennt. Er hofft, dass es hilft

Der Abend kommt bald, es wird früh trüb und dämmrig. Es gibt auch kein Kartoffelfeuer, sonst die Belohnung für die harte Arbeit. Der Vater hat es eilig, er will zurück zum Hof und Otto ist es recht.

Großmutter hat das Abendbrot bereits aufgetischt. Stumm sitzen sie am Küchentisch: sie, der Vater, der kleine Bruder und Otto.

Der Vater nimmt seinen kleinen Sohn auf den Arm und nickt Otto zu. Er führt sie aus der Küche und die Treppe hoch ins Schlafzimmer der Eltern. Die Mutter liegt im Bett, ruhig, mit feuchter Stirn. Der Vater setzt sich zu ihr, nimmt ihre Hand. Otto soll das Nachtgebet aufsagen. Er tut es, auch wenn ihm dabei die Tränen kommen. Er spricht es ohne Fehler und mit seiner letzten Kraft. Der Vater streicht ihm über den Kopf und nickt in Richtung Tür. Für Otto ist es Zeit, schlafen zu gehen.

Er schläft unruhig, träumt und einmal wacht er auf, sieht unter dem Türspalt Licht, sieht draußen vor dem Fenster Licht und weiß, dass es passiert ist. Otto ist gelähmt von diesem Gedanken, von dieser Wahrheit. Dann schläft er wieder: tief, fest und traumlos den Rest der Nacht.

Am Morgen sitzen schon alle in der Küche: die Großmutter, die im Haus übernachtet hat und ihre Tränen nicht verbergen kann, der kleine Bruder auf der Eckbank, der Arzt und der Pfarrer. Der Vater hat die Hände vor sein Gesicht geschlagen. Otto hört ihn leise schluchzen; er hat ihn noch nie so gesehen.

Große Stadt

Philipp hatte alles schon zusammengepackt, als der Zug mit deutlich verminderter Geschwindigkeit in den Hauptstadtbahnhof einfuhr. Im Unterschied zu anderen Bahnhöfen fand er den Berliner Bahnhof recht angenehm, der Hauptstadt angemessen. Offen in alle Richtungen, hell, lichtdurchflutet, keine engen, vergessenen Winkel. Auch heute Mittag schien die Sonne durch das Dach.

Philipp zog seinen Rollkoffer, den Laptop über die Schulter gehängt. Er fühlte sich nicht unwohl, trotz der vielen Menschen, trotz des Geräuschpegels und der Schwierigkeit, sich zu orientieren. Es ging rauf und runter, kreuz und quer. Doch alles war sehr gepflegt, nicht überdimensioniert, nicht düster oder bedrückend.

Er würde sich ein Taxi leisten, sein Hotel hatte er in Schöneberg gebucht. Von dort aus war es nicht weit zu seinem Einsatzort. Also abwärts zu den Taxiständen. Er freute sich auf den ruhigen Nachmittag, vielleicht noch ein Spaziergang im Tiergarten, dann ein Café – mal sehen, was sich ergeben würde.

Auf dem Vorplatz des Bahnhofs spürte Philipp sofort, dass er nicht in Frankfurt gelandet war oder Hamburg oder Stuttgart. Die Atmosphäre blies ihm eine ganz neue Qualität des Lebens direkt ins Gesicht, als wäre man Tausende von Kilometern gereist. So schnell konnte Philipp gar nicht denken, wie diese Umgebung Besitz von ihm ergriff.

Die Hüte und Körbchen, die im Weg standen und um Geld bettelten, die Bezahlung wollten für das, was gezeigt oder vorgetragen wurde. Hier ein geschminkter Jongleur, dort ein bärtiger Musiker, der englische oder irische Balladen zur Gitarre sang. Und immer wieder Straßenmaler, die Frauengesichter auf den grauen Beton zeichneten, Gesichter, bei denen Philipp nicht wusste, ob es sich um Heilige handeln sollte oder wirklich lebende Frauen, die dem Zeichner begegnet waren.

Philipp rechnete diesen Künstlern hoch an, dass sie nichts verkauften, keine Ware feilboten, nur den Anblick einer Schönheit, die man in zwei Minuten wieder vergessen haben würde. Anders die Porträtzeichner, die bequem auf Stühlen saßen. Sie hatten ihre Staffelei vor sich und boten jedem, der vorbeikam, an, ihn zu zeichnen, für zehn oder fünfzehn Euro. Das Werk konnte man dann einpacken und mitnehmen.

Philipp mochte das nicht, diese Gefälligkeitskünstler, die alle Falten glätteten, die schiefe Nasen geraderückten, Ringe unter den Augen geflissentlich ignorierten. Was hatte ein solches Porträt für einen Wert? Letzten Endes war es doch nur eine Illusion, die man da kaufte; im schlimmsten Fall eine Lüge.

Philipp stand noch immer unschlüssig auf dem Bahnhofsvorplatz. Die Taxis nebenan warteten auf neue Gäste, doch er hatte es nicht eilig. Er stand in der milden Februarsonne, tat geschäftig mit seinem Handy, wie es alle taten, die vorgaben, wichtig zu sein und Ziele vor Augen zu haben. Ein Stück entfernt saß ein einsamer Porträtmaler, in diesem Moment ohne Kundschaft, aber er zeichnete und schaute immer wieder in Philipps Richtung; er konnte sich nicht des Eindrucks erwehren, dass er das Objekt des Interesses dieses Malers war. Sollte Philipp sich geschmeichelt fühlen oder war es eine Unverschämtheit, dass ihn jemand ohne seine Einwilligung abbildete? Die Situation verunsicherte ihn, er wusste nicht, wie er reagieren sollte. Schließlich ging er die wenigen

Schritte auf den Mann zu. Es war ein junger Mann, vielleicht Student.

Der Künstler schien nicht überrascht. Er ließ sich in seiner Arbeit nicht stören, zeichnete weiter, offensichtlich ohne schlechtes Gewissen. Er lächelte für einen Moment. Philipp stoppte kurz vor der Staffelei, er konnte noch nicht sehen, was da zu Papier gebracht wurde. Der junge Mann peilte ihn intensiver an, kniff die Augen zusammen, als wollte er die Details in Philipps Gesicht fokussieren. Es stimmte also: Er war zum Objekt eines gelangweilten Künstlers geworden. Der wischte mit feuchten Fingern über das Papier, korrigierte letzte Striche, besserte nach mit seinem Kohlestift, schien am Ende zufrieden zu sein.

Bevor Philipp hinter die Staffelei treten konnte, um zu sehen, was aus ihm gemacht worden war, hatte der Künstler das Blatt schon abgezogen. Jetzt rollte er es sorgfältig zusammen und überreichte die Rolle mit ausladender Geste an Philipp. Das war es. Er hielt nicht die Hand auf, um zu kassieren, erklärte sich nicht, schien überhaupt an keinem Gespräch interessiert zu sein. Er blickte schon wieder in weite Ferne, irgendwohin, hatte sich ein neues Opfer auserkoren und zeichnete drauf los.

Philipp, die Rolle in der Hand, entschied sich zum Rückzug. Er wusste nicht, was diesen unbekannten Menschen dazu bewogen hatte, ausgerechnet ihn zu zeichnen. Jetzt war das Taxi seine Rettung – die beste Möglichkeit, sich aus einer unklaren Situation zu entfernen, sich davonzustehlen. Philipp wurde das unangenehme Gefühl nicht los, dass er erwischt worden war, dass jemand vielleicht etwas gesehen hatte, das er verbergen wollte, das ihm selbst unbekannt war.

Der Taxifahrer, den er herangewunken hatte, verstaute sein Gepäck im Kofferraum und hielt ihm die hintere Tür auf. Philipp nannte ihm das Hotel, blickte noch einmal zum Maler, der schon wieder beschäftigt war. Doch als das Taxi losfuhr, löste er seinen Blick kurz von der Staffelei und schaute Philipp direkt und nachdenklich an.

Waise

Der Braune will nicht so, wie Otto will, immer wieder stößt er ihn mit seinem Kopf zurück und stampft mit den Hufen. Das Pferd kennt ihn nicht, hat noch kein Vertrauen zu ihm. Otto will den Gaul ausspannen und in den Stall bringen. Den ganzen Tag ist er mit ihm auf dem Feld gewesen und hat gepflügt; die Aussaat wird in den nächsten Tagen beginnen. Aber es sind nicht seine Felder, über die er den Pflug gezogen hat, nicht die Felder des Vaters. Er ist jetzt mit seinem kleinen Bruder schon ein paar Wochen bei Onkel und Tante, wohnt und arbeitet bei ihnen. Die Tante ist die ältere Schwester seiner Mutter.

Vater ist tot, im Frühling ist er gestorben. Wie bei seiner Mutter kann ihm keiner erklären, woran. Nach dem Tod seiner Frau hat sich der Vater zurückgezogen, noch weniger geredet, als er es ohnehin tat. Der Hof, die Wohnung haben Tag für Tag an Glanz verloren. Ottos Vater schaffte es nicht mehr, allein mit zwei halbwüchsigen Söhnen und vor allem mit dem Kleinen, der ihm am Hosenbein hing und nicht mehr von der Seite wich.

Die Großmutter half, putzte, kochte, holte ihre Enkel zu sich, wenn der Vater auf dem Feld schuftete. Doch es hat nicht gereicht. Ottos Vater wurde immer weniger. Er aß kaum etwas und er trank, abends, wenn er allein in der Küche saß. Der Vater hat offensichtlich keinen Ausweg mehr für sich gesehen. Schon bei der Beerdigung der Mutter, damals im Spätsommer, war er untröstlich gewesen. Der Leichenschmaus war kurz, und keiner der Verwandten und Nachbarn schaffte es, den Vater aufzurichten mit ihren Weisheiten: Das Leben geht weiter, versuchten sie ihm einzuflüstern. Aber Ottos Vater hatte da anscheinend für sich beschlossen, dass das nicht für sein Leben galt.

Bei Vaters Beerdigung waren alle Verwandten am Grab und das ganze Dorf; das Schicksal der Familie rührte alle. Otto hatte in das Loch vor seinen Füßen geschaut, der Sarg der Mutter war zu sehen. So lange war es noch nicht her, dass man sie hier eingegraben hatte. Sein kleiner Bruder stand neben ihm, klammerte sich an seine Hand, dass es wehtat, stumm und ohne Tränen. Für ihn musste alles, was sich hier abspielte, unbegreiflich sein.

Und dann am Abend stiegen sie ein in die Kutsche der Tante. Sie hatten mit Großmutter bereits ihre zerschlissenen Koffer und Kleidersäcke gepackt. Großmutter hatte ihnen erklärt, dass sie jetzt Waisen waren. Tante und Onkel würden sich von nun an um sie kümmern, sie sollten sich den beiden anvertrauen und auf sie hören. Es sei für alles gesorgt.

Die Arbeit lenkt ab, er weint jetzt schon nicht mehr so oft. Otto ist froh, dass er gebraucht wird, dass man ihn allein mit dem Braunen auf das Feld schickt. Sein Onkel und seine Tante behandeln ihn wie einen Großen. Und er muss auf seinen kleinen Bruder aufpassen, der ist jetzt neun und still und immer noch tieftraurig. Nachts in ihrem Zimmer hört Otto ihn, wenn er in seinem Bett leise vor sich hin schluchzt.

Manchmal schleicht sich Otto zum Hof der Eltern; er hat gehört, was Onkel und Tante und die Großeltern besprochen haben. Den Hof seiner Eltern können sie nicht auch noch bewirtschaften, das würden sie nicht schaffen. Der elterliche Hof sollte verpachtet werden, das Haus, die Ställe, die Tiere. Otto muss Abschied nehmen, vielleicht könnte er ihn später als Erbe übernehmen, ihn sich mit seinem Bruder teilen, oder heiraten und eine Familie gründen. Aber jetzt fügt er sich erst einmal in sein Leben, arbeitet für Onkel und Tante. Er verträgt sich mit dem Cousin, der älter ist als er und stärker, und er kümmert sich um den kleinen Bruder, der immer noch so still ist und nicht viel spricht.

Im Dorf sind sie beide die Sonderlinge, man schaut sie mitleidig an, tuschelt hinter ihrem Rücken. Sie sind die Waisen, die armen Kinder ohne Eltern. Keiner ist laut zu ihnen, keiner weist sie zurecht oder schimpft. Aber diese Rücksicht und Vorsicht erinnert Otto auch immer daran, was mit ihm und seinem Bruder geschehen ist. Die Jahreszeiten wechseln, trotz allem, sie haben es gut bei Onkel und Tante; Mutter und Vater fehlen, aber sie haben es gut.

Doch die Gespräche beim Abendbrot in der Küche werden ernster, der Onkel spricht immer öfter von seltsamen Begegnungen, wenn er aus der Stadt kommt, zurück von Lieferfahrten oder Einkäufen. Die Polen in der Stadt und im Umland seien zurückhaltend, sogar mürrisch. Gerüchte kursierten über Überfälle auf deutsche Höfe und wütende Anfeindungen der Polen gegenüber den deutschen Bewohnern. Viele Landsmänner würden bereits das Land verlassen oder nach Danzig fliehen, um sich in Sicherheit zu bringen. Und Otto weiß, wie der Führer des Deutschen Reiches das Sudetenland an sich gerissen hat. Er ist kein kleiner Junge mehr, er ist fünfzehn, wird bald sechzehn. Er hat gesehen, wie Nachbarn ihre Fuhrwerke mit ihrem Hab und Gut beladen haben und ihre Höfe zurücklassen. Es ist eine angespannte Zeit. Keiner traut mehr dem anderen, viele haben Angst und gehen nur noch nach draußen, wenn es unbedingt notwendig ist. Alle schreien nach Vergeltung und Rache.

Und im September ist es dann so weit. Die Felder liegen brach im Nebel. Otto hört die Flugzeuge am frühen Morgen, sie fliegen nach Osten. Es sind die Deutschen, an den Hecks sind die Hakenkreuze deutlich sichtbar. Alle laufen zusammen auf dem Hof, in den Gesichtern Freude und Angst. Freude, weil man die Befreiung wähnt, Angst, weil Krieg ist und es Verletzte und Tote geben würde.

Es dauert nur wenige Tage, da rücken sie vor, die Deutschen, mit Panzern und langen Reihen marschierender Soldaten, mit Motorrädern und

Lastwagen und freudigem Geschrei. Mitten durchs Dorf ziehen sie, auf der Straße Richtung Gruta. Sie halten nicht an, winken nur lachend, denn zu erobern gibt es hier nichts: die Höfe in Engelsburg sind deutsch. Nur wenige Tage ist es her, da hat es Tote gegeben in Bromberg, Deutsche, von Polen verfolgt und ermordet. Jetzt wird die Wehrmacht für Ordnung sorgen und die Schuldigen zur Rechenschaft ziehen.

Eine andere Zeit ist angebrochen, für Engelsburg, für Westpreußen und für Polen – eine andere Zeit auch für Otto, den kleinen Bruder und die Verwandten.

Der Onkel spricht mit Otto, abends nach dem Essen: Polen ist jetzt deutsch, auch wenn in Warschau noch Widerstand geleistet wird. Alles wird sich ändern. Die Tante sitzt dabei und legt ihm freundlich ihre Hand auf den Arm. Otto versteht schnell, was der Onkel ihm etwas umständlich und mit vielen langen Sätzen versucht klarzumachen: Otto sei erwachsen, er müsse seinen eigenen Weg gehen, nichts sei wie vorher. Der Hof sei zu klein und Otto wolle sicher auch eine Familie gründen und auf eigenen Beinen stehen, für sich selber sorgen. Natürlich hat Otto schon lange geahnt, dass dieser Tag kommen wird. Er und sein Bruder sind fast erwachsen, zwei zusätzliche Esser und der Hof des Onkels wirft nicht genug für alle ab. Otto kann sich denken, dass sie in das Familienleben der Verwandten hineingeplatzt sind und es verändert haben.

Aber jetzt spricht der Onkel von einer neuen Zukunft für ihn, von einer Lehre und einem Beruf in der Stadt, in Thorn. Er würde dort ein Zimmer haben und Geld verdienen, er würde sein eigener Herr sein. Der Onkel hat schon angefragt in Thorn und wohlwollende Auskünfte erhalten. Die Deutschen haben die Stadt bereits übernommen, die Verwaltung, die Bahn, die Post. Der kleine Bruder könne selbstverständlich noch auf dem Hof bleiben, bis er die Schule abgeschlossen hat, Otto könne ihn besuchen, sie würden sich sehen.

Otto hätte die Möglichkeit, einen Beruf zu erlernen, bei der Reichspost anzufangen, in einem Staatsbetrieb. Und man hört immer mehr, wie die Menschen im Dorf vom neuen Deutschen Reich, vom „Dritten Reich" schwärmen. Sie feiern die Volksgemeinschaft und den Führer, der dem Land goldene Zeiten bescheren wollte. Jeder Deutsche werde jetzt gebraucht und solle mit anpacken bei diesen großen Plänen.

Bei all den glänzenden Aussichten ist Otto trotzdem in Sorge. Er macht sich Gedanken um seinen kleinen Bruder, obwohl er schon zwölf ist und gar nicht mehr so klein. Er ist so still, so unfertig, und jetzt wird ihn nach Mutter und Vater auch noch der große Bruder verlassen. Andererseits, nach Thorn ist es keine Weltreise, er wird sich vom ersten Geld ein Fahrrad besorgen und so oft es geht auf den Hof kommen. Zudem, Onkel und Tante sind keine Unmenschen, sie halten ihr Versprechen und würden den Bruder nicht vom Hof vertreiben.

Otto hat noch Zeit zum Nachdenken, erst im neuen Jahr soll es losgehen. Aber was bleibt ihm für eine andere Möglichkeit, wenn sie ihn hier in Engelsburg nicht mehr wollten? Seine Entscheidung für Thorn und den Abschied vom Hof ist schon getroffen. Er wird die Tiere vermissen, das Land, den Bruder, Mutter, Vater – niemand kann ihm das zurückbringen...

Bilder

Das Taxi fuhr ihn direkt vor das Hotel. Philipp hatte sich während der Fahrt nicht getraut, das eingerollte Bild zu öffnen. Er hatte es in seiner Manteltasche verstaut und war jetzt mit seinem Gepäck auf dem Weg zur Rezeption. Er hatte im Sachsenhof gebucht, der lag nicht weit vom Tierpark. Philipp hatte diesen Park auf seinen früheren Reisen nach Berlin als Rückzugsort schätzen gelernt. Immerhin würde er drei Tage in der Stadt bleiben und so war es ihm recht zu wissen, dass er jederzeit raus konnte, das Zimmer verlassen, um in der Natur durchzuatmen.

Sein Zimmer war überschaubar, ein Doppelzimmer mit Blick auf den Innenhof. Philipp verstaute sein Gepäck und richtete seinen Laptop ein, die Internetverbindung war gut. Und jetzt hielt es ihn nicht länger. Die Papierrolle lugte aus dem Mantel, den er bereits sorgfältig auf einen Bügel an der Garderobe gehängt hatte. Das Papier war erstaunlich stabil, kein billiges, dünnes Malpapier, es war rau an der Oberfläche, als er darüberstrich. Philipp setzte sich ans Fenster, obwohl auch dort der Lichteinfall nicht optimal war. Er knipste zusätzlich die Stehlampe an, auch wenn es erst früher Nachmittag war.

Er erschrak nicht, als er das Blatt ausrollte. Eine Bleistiftzeichnung, tatsächlich hatte der Künstler ihn porträtiert, auf dem Bahnhofsvorplatz, so wie Philipp es vermutet hatte. Er erkannte sich wieder auf dem Bild, fühlte sich sogar vorteilhaft dargestellt. Aber er war auch enttäuscht: Er sah nichts Außergewöhnliches, keinen besonderen Stil des Zeichners. Das Bild entsprach den vielen Darstellungen von Menschen, die sich für Geld von Straßenkünstlern zeichnen ließen und sich freuten, wenn sie sich einigermaßen wiedererkannten. Es war kein Bild, das Philipp sich hinter einem Passepartout rahmen lassen würde. Er suchte vergebens nach Hinweisen, warum der Künstler sich ausgerechnet ihn ausgesucht hatte, als er ihn auf dem Platz stehend aus einiger Entfernung fixiert und dann zu Papier gebracht hatte – und das ohne Geld zu verlangen.

Philipp legte die Zeichnung weg. Was er gefürchtet oder vielleicht sogar erhofft hatte, war auf dem Bild nicht zu sehen. Es war nur ein schönes Porträt, glatt, ohne Tiefe, ohne künstlerische Ambition. Philipp kehrte zu seinen Plänen zurück, der Nachmittag war gerade angebrochen und solange es hell war, konnte er etwas unternehmen. Ein Spaziergang bot sich an, um sich wieder in die Stadt einzufühlen, die er jetzt schon einige Zeit nicht mehr besucht hatte.

Er packte seinen Mantel, die Mütze und verließ das Hotel. Philipp wusste, dass er ein Stück zu laufen hätte, um in den Tiergarten zu kommen, doch das tat ihm gut nach der langen Zugfahrt. Ein paar Seitenstraßen durch den Nollendorfkiez, geradeaus über den Landwehrkanal und dann konnte man schon in der Ferne die Siegessäule als Orientierungspunkt erkennen.

Es war ein Fußmarsch durch öde, viel befahrene Straßen. Doch im Park unter den Bäumen war der Lärm des Verkehrs fast ausgeblendet, wurde zum Hintergrundrauschen. Philipp fand eine Bank, die Sonne wärmte noch ein wenig, aber lange würde er hier nicht sitzen können.

Die Natur hielt sich bedeckt, nichts regte sich an den Bäumen und in den Büschen. Kaum Vogelgezwitscher war zu hören, nur ab und zu ein Rascheln im Laub des vergangenen Jahres. Und dann ahnte Philipp, was er auf dem Bild des Zeichners übersehen hatte. Es war ihm einige

Male schon passiert, wenn er Fotos seines Vaters sah. Sie hatten eine schlechte Qualität, weil sie abfotografiert oder bereits verblasst waren. Doch immer war irgendwo versteckt eine Ähnlichkeit festzustellen.

Eine Banalität. Warum sollte er nicht seinem Vater ähneln? Die Frage war eher, ob er diese Ähnlichkeit mochte, ob er die Verknüpfung herstellen wollte zwischen ihm und seinem Vater, ob er diese Verbindung annehmen wollte. Lange hatte er sich geweigert, diese Ähnlichkeit und Verwandtschaft anzuerkennen, einfach weil er sie nicht erfahren hatte und nicht nacherleben konnte.

Eher hatte Philipp, wenn er die Bilder seines Vaters ansah, ihn mit anderen Persönlichkeiten verglichen, nicht mit sich. Er sah in ihm Züge von Helmut Schmidt oder Willy Brandt, Männer, die er bewunderte. Manchmal, wenn der Vater Pfeife rauchend und mit Brille dasaß, fiel ihm sogar Herbert Wehner ein. Nie wäre ihm in den Sinn gekommen, dass er aus dem gleichen Fleisch und Blut gemacht war wie sein Vater.

Hatte das der Künstler vom Bahnhofsvorplatz gesehen? Hatte er etwas wahrgenommen, das in sein Gesicht eingeschrieben war, etwas, das über seine eigene Persönlichkeit hinausreichte? Philipp wusste, dass er genau das nicht zugeben wollte. Lieber blieb er allein, ohne Wurzeln, ohne Vergangenheit. Er hatte sich schon früh in seinem Leben damit abgefunden, dass ihm diese Vergangenheit nicht zur Verfügung stand, dass die Wurzeln gekappt waren, nicht auffindbar.

Es wurde kalt. Die Februarsonne zog sich hinter dem Frühabenddunst zurück, Zeit für den Rückweg. Vielleicht konnte er den Bus nehmen zum Nollendorfplatz. Er würde sich die anstrengenden Asphaltwege sparen, die spürte man später in den Füßen. Außerdem hatte er es eilig, die Zeichnung, die er so schnell beiseitegelegt hatte, wartete auf ihn im Hotelzimmer.

An der Rezeption ließ sich Philipp einen Tisch im Restaurant Winterfeld reservieren, das war ein guter Italiener und gleich um die Ecke. Mit dem Bus war er tatsächlich bequemer zurückgekommen. Das Bild lag auf dem Bett, so wie er es achtlos hatte liegen lassen. Es war immer noch kein Kunstwerk. Aber jetzt vertiefte Philipp sich in das Porträt, spürte der Intention des Zeichners nach. Es schien ihm nicht um individuelle

Eigenheiten zu gehen, seine schiefe Nase fehlte auf dem Bild. Philipp konnte nachvollziehen, dass der Künstler nicht beschönigen wollte, er wollte Typisches darstellen, das eben nicht individuell, sondern wiederzufinden war beim Bruder, beim Vater, bei anderen Menschen: Die schmalen Lippen, der gerade Mund, die eigentlich gerade Nase, fast schon klassisch, die bei Philipp nur durch einen Bruch schief war, der scharf konturierte Kopf mit der etwas zu hohen Stirn, die Mundwinkel, die im ungünstigen Fall nach unten gezogen waren. All das waren Hinweise auf etwas, das schon lange vor seiner Zeit entstanden war und vielleicht weitere Generationen überdauern würde. Philipp begriff, warum er sich so lange gegen diese verwandtschaftlichen Vergleiche gewehrt hatte: Das Gefühl, eine Geschichte mitzutragen und fortzuführen, die jemand vor ihm bereits begonnen hatte, war ihm schon immer unheimlich gewesen.

Abtauchen

Er stand am Waldrand, ganz allein. Eigentlich war er zu klein, um eine so große Strecke zurücklegen zu dürfen. Und es war auch gar nicht so einfach gewesen: Der lange Weg, vorbei an den Häusern der Nachbarn, von denen jeder ihn hätte aufhalten können. Auf jedem zweiten Grundstück ein wild bellender Hund, der gegen den Zaun sprang und ihn anfeindete. Die Geschwister waren voraus, wollten ihn nicht dabeihaben, diesen Dreikäsehoch, denn mit ihm war noch nichts anzufangen.

Schlimmer als die Hunde war jedoch, dass er an diesen Fremden vorbei musste. Sie sahen so anders aus: dunkle, braune Haut, die Frauen mit langen Kleidern und Kopftüchern, die Kinder nicht größer als er, mit viel zu weiten Hosen und Hemden. Sie sprangen im Garten herum und waren laut. Sie wohnten noch nicht lange hier in dem halb verfallenen Haus, eher ein Gartenhaus, eine Hütte, die nur notdürftig geflickt war. Alle hatten ihn gewarnt vor diesen Wilden, geh da nicht hin, hieß es. Sie schlossen das Hoftor, wenn sie vorbeizogen. Doch um den Geschwistern zu folgen, musste er da vorbei; er wusste nicht, was passieren würde, was sie mit ihm machen würden, wenn sie ihn erwischten.

Doch er hatte es geschafft, obwohl zwei oder drei von ihnen am Zaun standen, wie Tiere im Gehege. Sie waren leise, riefen ihm etwas zu in einer Sprache, die er nicht verstand und auch nicht verstehen wollte. Er war froh, dass er dieses Hindernis überwunden hatte, sie hatten ihm nichts getan und er lief davon.

Jetzt am Waldrand wäre er weitergelaufen, das Schlimmste hatte er hinter sich gelassen, niemand konnte ihn mehr aufhalten. Doch da war ein Polizist oder ein Förster mit grüner Uniform. Der hielt ihn fest, nicht unfreundlich, aber er ließ ihn nicht los, fragte ihn aus und brachte ihn zurück zum Haus der Eltern. Philipp zog und zerrte an der grünen Uniform, er wollte nicht nach Hause. Die wütende Strafe des Vaters malte er sich aus und weinte jetzt schon. Der Polizist oder Förster sprach mit seinen Eltern. Keiner hatte ihn vermisst. Wieso auch, alle spielten sie draußen im Hof, den ganzen Tag, und wieso hätte die Mutter oder gar der Vater nach ihm schauen sollen? Fast war diese empfundene Gleichgültigkeit schlimmer als die geahnten Prügel.

Als er schon etwas älter war und mit dem Bus fahren konnte, passierte es Philipp wieder. Er stieg aus, ohne zu wissen, wo er war. Nichts war ihm vertraut, die Häuser und Straßen kannte er nicht. Er irrte ängstlich durch den fremden Stadtteil, hatte keine Ahnung, wie er zurückfinden sollte. Nur den Kohlenmann erkannte er dann. Der wohnte bei ihnen um die Ecke und war genauso gefürchtet wie die Fremden am anderen Ende des langen Weges. Mit seinem kohlestaubschwarzen Gesicht, einer Sackkapuze über dem Kopf und den schweren, rußigen Kohlesäcken auf dem Rücken war der Kohlenmann ein Ungeheuer, ein Monster. Aber jetzt, als Philipp ihn sah, war er seine letzte Rettung. Wie hätte er sonst nach Hause finden sollen? Er sprach ihn an, mit verzweifeltem Mut, und der Kohlenmann erkannte ihn sogar. Er durfte in den dunkelblauen, staubigen Lastwagen steigen, der Kohlenmann hatte zu tun, eine Lieferung noch, fünf, sechs Säcke musste er abladen, dann würde er ihn nach Hause fahren. Dort hatte sich noch keiner Sorgen gemacht, alles war gut, er war doch zu Hause. Philipp war versucht zu denken, dass seine

Abwesenheit von Haus und Hof weniger Zorn und Strafe nach sich zog als die pure Anwesenheit vor den Augen der Eltern.

Der Wunsch zu verschwinden, abzuhauen, unterzutauchen wurde drängender, spätestens dann, als Philipp älter wurde. Was sich in seinem Kopf abspielte – das interessierte den Vater nicht. Das Äußere musste stimmen: Glänzend polierte Schuhe, Bügelfaltenhose, ordentliches Hemd und die gepflegte Kurzhaarfrisur, die Haare mit Fett an den Schädel geklebt. Sehnsüchtig schaute Philipp morgens seinem älteren Bruder nach, der mit wehenden Haaren und offenem Fischgrät-mantel den Hof verließ. Er ging zur Arbeit, war sowieso kaum noch zu Hause, weil er sich mit dem Vater überworfen hatte.

Philipps Äußeres passte nicht mehr zu Vaters Vorstellungen. Philipps Äußeres wollte so sein wie seine Gedanken, seine Bilder, die er begann, für sich zu entwerfen und zu träumen. Er wollte so sein wie seine Freunde, die Vorbilder aus Musik und Film, die alle so weit entfernt waren von dem, was dem Vater vorschwebte.

Philipp kannte die Schichtpläne des Vaters auswendig, denn das war seine Überlebensstrategie: Dem Vater möglichst aus dem Weg gehen, nicht da sein, wenn er da war, keine Konflikte provozieren. Die Strategie war mehr oder weniger erfolgreich. Doch der Zwist eskalierte, als ein zufälliges Foto in der Lokalzeitung Philipp am stadtbekannten Treffpunkt der Hippies und Gammler zeigte. Das konnte der Vater nicht dulden: sein Sohn ein Langhaariger, ein Faulenzer, ein Aufmüpfiger! Er musste einschreiten, mit Macht und Gewalt. Er kam in sein Zimmer, laut, mit Schlägen, was er ihm antäte, wie weit er noch gehen wolle, dass er gehorchen müsse. Solange er zu Hause sei, gelte sein Wort. Und er ließ nicht nach und gab nicht auf. Als es vorbei war, hatte Philipp das sonderbare Gefühl, dass er so viel körperliche Nähe, soviel Anteilnahme seines Vaters, soviel Ausdruck der väterlichen Vorstellungen schon lange nicht mehr gespürt hatte - hatte er das überhaupt einmal? Philipp wusste nicht, warum er weinte: wegen der Schmerzen, der Wut oder vor Rührung.

Natürlich war jetzt nur noch die Flucht möglich, ohne Einverständnis des Vaters das Haus endgültig verlassen. Das Wissen um die Schichtpläne half Philipp, den Zeitpunkt festzulegen. Mit dem Allernötigsten machte er sich davon. Es war für ihn in diesem Moment eine Trennung für immer. Wobei er nicht mal genau wusste, was da eigentlich getrennt werden sollte, denn es gab nichts, was sie beide miteinander verband. Philipp spürte keinen Trennungsschmerz. Lediglich die Mutter tat ihm leid, die sich um ihn sorgte und über ihn weinte. Doch er war jetzt ein freier Mann, so dachte Philipp damals.

Allein

Morgens um sechs Uhr im kalten Zimmer aufwachen, etwas Brot mit Margarine und Wasser zum Frühstück. Dann auf das Fahrrad schwingen; der Weg zur Post ist nicht weit, nur zehn Minuten entfernt von seiner Wohnung. Der Winter ist schon längst eingekehrt und Otto weiß, dass er sich um Brennmaterial kümmern muss. Immerhin hat er einen kleinen Ofen in seinem Zimmer unter dem Dach. Etwas Anzündholz und zwei oder drei Sack Kohlen, das wird fürs Erste reichen.

Schon über einen Monat ist Otto in Thorn, wohnt in einer Dienstwohnung der Post, mitten in der Stadt. Der Onkel hat ihn Mitte September begleitet. Mit dem Bus sind sie nach Thorn gefahren, eine Zwei-Stunden-Reise. Endstation war am Marktplatz der großen Stadt, direkt vor dem mächtigen Gebäude der Post. Wie ein Schloss überragt es die Straßen. Hakenkreuzfahnen wehen an Stangen von den Giebeln und kleinen Türmen des roten Hauses. Hier ist die neue Politik, das neue Reich längst angekommen, Fahnen und Braununiformierte in der ganzen Stadt.

Im Zimmer des Abteilungsleiters wurde er eingewiesen. Der Onkel hatte offenbar vorher die nötigen Vereinbarungen getroffen: Arbeitszeiten, Arbeitskleidung, seine Dienstwohnung, alles war schon festgelegt und Otto musste nur noch zustimmend nicken. Ohnehin wurde er nicht gefragt, er hatte alles hinzunehmen. Der Telegrafendienst brauchte Leute, damit sollte er anfangen. Telegrafen- und Telefonleitungen mussten verlegt, Masten aufgestellt und befestigt werden. Die neuen deutschen Gebiete in Westpreußen sollten angeschlossen werden. Die neue Regierung in Berlin und die Partei hatten viel vor; die Deutschen sollten spüren, wohin sie gehörten.

Die Miete für sein Zimmer in der Gerechtengasse sollte ihm vom Lohn abgezogen werden. Aber für Otto war es sowieso ganz neu, Geld für seine Arbeit zu bekommen. Er würde haushalten müssen. Doch er ist allein, muss nichts den Eltern abgeben, denn die sind tot. Ein altes Dienstfahrrad ließ sich auftreiben, so kann er morgens schnell seine Arbeitsstelle erreichen. Ob er damit nach Engelsburg fahren kann, um seinen Bruder zu besuchen, ist jedoch fraglich. Er hat sich die Strecke kürzer vorgestellt. Drei Stunden hin und drei Stunden zurück, um seinen Bruder zu sehen, das wird zu anstrengend werden. Außerdem ist es kalt, der frostige Wind bläst über die Felder. Er müsste den Bus nehmen und das kostet Geld, von dem er nicht viel hat. Seine Besuche werden nicht allzu häufig sein. Vielleicht wird er es einmal im Monat schaffen. Er nimmt sich vor, seinem Bruder zu schreiben, so oft es geht.

Die Arbeit strengt ihn an: Löcher ausheben in der gefrorenen Erde, Masten aufrichten, mit schweren Steigschuhen daran hochklettern und Kabel befestigen, Kilometer für Kilometer. Otto weiß am Abend, was er geleistet hat. Immerhin ist ihm die schwere Arbeit nicht neu, hat er ja mit seinem Vater und später mit seinem Onkel schon in jungen Jahren auf dem Feld geschuftet. Die Kollegen sind freundlich, helfen ihm, wenn er nicht weiterweiß. Nur der Vorarbeiter ist oft mürrisch, seine Anweisungen klingen wie Befehle, denen man besser nicht widerspricht.

Die Abende sind einsam, allein in seinem Zimmer, kalt und ungemütlich. Manchmal streift er durch die Stadt, hört den Lärm in den Wirtshäusern, das Gegröle und die Heil-Hitler-Rufe, die im Laufe der Nacht immer lauter werden. Er kann damit nichts anfangen. Ein Wirtshaus betreten, sich einfach dazusetzen, mittrinken, mitreden, mitbrüllen, das ist nicht seine Sache. Lieber läuft er durch die Stadt, bis hinter die Stadtmauer, runter ans Weichselufer. Er schaut dem Strom nach, von dem er nicht weiß, wo er endet, sieht die Möwen über dem Fluss, die gierig nach Beute suchen im Wasser. Doch es ist zu kalt, um sich dort länger aufzuhalten. Er geht zurück in sein Zimmer, heizt seinen kleinen Ofen ein, sitzt am Holztisch am Fenster und schaut auf die Stadt. Ein Blatt Papier liegt noch da, nur wenig beschrieben. Der Brief an den Bruder, den er gestern begonnen hat, ist noch nicht fertig. Er weiß nicht, was er noch schreiben soll. Es kostet ihn Mühe, von sich und seinen Tagen zu erzählen, wo doch so wenig passiert.

Einmal hat ihn der Vorarbeiter eingeladen. Ein dicker, mächtiger Mann, der so alt ist, wie sein Vater jetzt gewesen wäre. Otto hat sich gewundert, wie dieser mürrische Kerl ihn überhaupt ansprechen konnte. Er wohnt draußen in der Bromberger Vorstadt, hinter den Kasernen; ein öder Stadtteil von Thorn. Otto solle am Freitag zum Abendessen kommen, seine Frau würde kochen.

Als er eintrifft, riecht er schon an der Tür des kleinen Häuschens die geschmorten Kohlrüben. Die Hausfrau steht noch am Herd, nickt Otto ohne viele Worte zu, eine Tochter, vielleicht so alt wie Otto, deckt bereits den Tisch in der Küche.

Otto weiß nicht, was er reden soll, er hat darin keine Übung. Der Vorarbeiter erkundigt sich nach der Arbeit, wie es ihm damit gehe, jetzt in der Kälte. Die Frau fragt nach seiner Familie und das Gespräch verstummt für einen langen Augenblick, nachdem Otto vom Tod der Eltern berichtet hat und vom Bruder, der auf dem Hof des Onkels zurückgeblieben ist. Die Tochter greift ein und rettet die Situation. Sie spricht über die Stadt und die Fahnen und die vielen Uniformierten und wie die Thorner jetzt zusammenhalten gegenüber den Polen; überschwänglich klingt sie. Otto weiß nicht viel zu antworten, die neue Politik, die Aufmärsche, das Getöse – das alles überfordert ihn, er hat das Gefühl, das alles gehe ihn nichts an.

Der Vorarbeiter unterbricht die Schwärmerei seiner Tochter, das würde nicht der letzte Krieg sein, meint er ernst, Hitler würde sich mit Polen nicht zufriedengeben. Alle könnten es doch sehen: die Autobahnen, überall im Deutschen

Reich, und Munitionsfabriken und Panzer und schweres Gerät. Hitler halte sich nicht mehr an Verträge. Er habe Polen erobert mit seinen Kriegsmaschinen. England und Frankreich schauten nur zu bei dem, was Deutschland anrichte. Der letzte Krieg sei doch so lange noch gar nicht her. Hör auf Mann, beendet die Hausfrau das Lamento, der junge Mann bekommt es ja mit der Angst zu tun, sie sollen zugreifen, bevor das Essen kalt werde.

Es gibt Fleisch zu den geschmorten Rüben und Kartoffeln – so hätte es Ottos Vater auch gemocht. Otto ist es recht, dass er essen und kauen kann, nicht reden muss. Die Welt da draußen wird für ihn von Tag zu Tag schwieriger zu verstehen. Es ist einfacher auf dem Hof, auf den Feldern, mit den Tieren.

Dann ist es spät geworden. Otto bedankt sich beim Gehen für das Essen. Er wünscht allen eine gute Nacht, schielt zur Tochter, die bereits die Teller spült. Er bringt nicht den Mut auf, sie anzusprechen, sich zu verabreden, und so lässt er es. Mit dem Fahrrad fährt er zur Wohnung, er friert an den Händen und den Ohren. Er muss endlich Mütze und Handschuhe besorgen. Der Abend hat ihm gutgetan im Kreis einer Familie, es hat ihn an früher erinnert. Jetzt ist er wieder allein.

Sprache

Der Abend war angenehm verlaufen. Philipp hatte sich herausgeputzt, das von der Zugfahrt zerknitterte Hemd gewechselt und sich für die bequeme Jeans entschieden. Der kurze Weg ins Restaurant Winterfeld durch den kühlen Abend erfrischte ihn, machte ihn wach und aufmerksam. Bisher war er von unangenehmen Begegnungen verschont geblieben – abgesehen von dem seltsamen Zeichner vom Bahnhofsvorplatz. Der Hotelangestellte an der Rezeption hatte ihn für die Wahl seines Restaurants gelobt und gestenreich bestätigt, dass er dort sehr gut essen werde. Er war wahrscheinlich selbst Italiener und vielleicht sogar verwandt mit dem Wirt, vermutete Philipp.

Das Winterfeld war nach außen unscheinbar, man hätte es übersehen können, im Parterre eines nicht sehr ansehnlichen Wohnblocks aus den Siebzigerjahren; die Straße war zugeparkt. Innen hatte es Atmosphäre: dunkler Holzboden, einfache, weiß gedeckte Tische, schwarze Stühle, die hohen Wände mit Weinregalen dekoriert. Der Kellner brachte ihn zu seinem Tisch. Philipp hatte – die Wand und die Regale im Rücken – einen guten Überblick über das Geschehen. Das Restaurant war gut besucht.

Das Stimmengewirr im Gastraum war nicht einfach zu entwirren. Philipp hörte viel Italienisch. Die Kellner, Barkeeper, das Küchenpersonal und der Wirt riefen sich ständig irgendwelche Botschaften zu, die Philipp so schnell gar nicht verstand, obwohl er etwas Italienisch gelernt hatte. Vor langer Zeit hatte er sogar Volkshochschulkurse besucht und er war schon oft nach Italien in Urlaub gefahren. Aber dann hatte er es aufgegeben, weil sie ihn alle auf Englisch oder Deutsch angesprochen hatten. Wozu also in der Landessprache kommunizieren? Dass er die Sprachfetzen hier nicht verstand, lag wohl daran, dass das Personal irgendeinen Dialekt sprach, den Philipp nicht kannte.

An den Tischen wurde unterschiedlich gesprochen. Teilweise auch italienisch, da wohl Freunde, Bekannte oder Verwandte des italienischen Wirts zu Gast waren. Aber Philipp hörte auch asiatische Sprachen, die er nicht identifizieren konnte, oder Sprachen des Balkans oder Griechisch. Und trotz dieses Sprachendurcheinanders schien in diesem überschaubaren Raum eine

Kommunikation möglich: Bestellungen wurden aufgegeben, Essen kam auf die Tische, Menschen lachten über Späße, hörten zu, antworteten auf Fragen und verständigten sich – notfalls auch mit Händen und Füßen.

Philipp gab bei dem freundlichen Kellner seine Bestellung auf, auf Italienisch, was unnötig gewesen wäre, das wusste er, aber es gefiel ihm, diese Sprache zu sprechen. Er hatte Rotwein bestellt und Hähnchenbrustfilet vom Grill. Der Kellner bedankte sich mit einem Lächeln.

Philipp fiel ein, dass er noch nie ernsthaft überlegt hatte, welche Mundart er eigentlich sprach. Selten, sehr selten, hatte er von Menschen, die ihm begegneten, Rückmeldungen bezüglich seiner Äußerungen erhalten, die ihn einer Region oder einem Dialekt zugeordnet hätten. Seine Mutter hatte den reinsten pfälzischen Dialekt gesprochen – das müsste demnach seine Muttersprache sein. Meinte man Muttersprache, weil die Väter nie den Mund aufmachten und mit ihren Kindern redeten? Philipp versuchte sich zu erinnern, wie sein Vater gesprochen hatte. Er stammte aus Westpreußen, wuchs als Minderheitendeutscher in Polen auf. Es kam Philipp so vor, als hätte sich Vaters Sprache nur unwesentlich von der seiner Mutter unterschieden. Trog ihn seine Erinnerung? Er hörte ihn auf jeden Fall nie einen Dialekt sprechen, etwa niederpreußisch oder etwas Ähnliches, er hätte sogar die polnische Sprache beherrschen müssen, da es in seiner Heimat doch kaum noch deutsche Schulen gab. Philipp hatte seinen Vater als Hochdeutsch sprechend empfunden. Oder stimmte doch sein erster Gedanke und sein Vater hatte sich ganz schnell der neuen Heimat angepasst und die pfälzische Ausdrucksweise für sich übernommen? Es war niemand da, der mit ihm in seiner Muttersprache gesprochen hätte, in der näheren Umgebung gab es keine Verwandten mehr. Sein Vater hatte sich keinem der Vertriebenen-Verbände angeschlossen, um alte Traditionen und westpreußische Heimatkultur zu pflegen. Wollte er einfach nicht auffallen oder hatte er keine Sehnsucht nach der Landschaft seiner Kindheit?

Das Essen wurde serviert und Philipp hatte jetzt Hunger, die Champignons und die Rosmarinkartoffeln dufteten verlockend. Um ihn herum war ständiger Wechsel, weitere Gäste kamen, andere gingen. Philipp erlebte ein Berliner

Publikum in allen Farben und Schattierungen. Elegant gekleidet, bunt frisiert, Hosen im Löcher-Look, Ketten und Armreifen, Piercings im Gesicht – all das war zu sehen und Philipp wähnte sich auf einem Basar der Äußerlichkeiten. An Halsausschnitten und Manschetten lugten Tattoos hervor, Anfangssätze irgendwelcher Erlebnisse, die sich Menschen dauerhaft auf ihrer Haut verewigt hatten. Diese Geschichten waren es offenbar wert, ein ganzes menschliches Leben lang immer wieder erzählt zu werden.

Philipp fragte sich, was er auf seiner Haut zeigen würde, wenn er denn müsste. Was würde er Freunden, Bekannten, Verwandten immer wieder erzählen wollen? Gab es *die* Lebensgeschichte? Andererseits – dieser Drang zur Selbstdarstellung nervte ihn. Er hatte oft das Gefühl, bei einem Bild oder Text auf der Haut nachfragen zu müssen, vielleicht sogar, es kommentieren zu sollen. Das empfand er als übergriffig und anmaßend.

Seltsam war jedoch, und daran dachte Philipp jetzt, nachdem er die letzten Bissen seines Filets und der Kartoffeln verspeist hatte, dass kein vollständiger Satz seines Vaters für ihn übriggeblieben war. Weder in mündlicher noch schriftlicher Form hatte er irgendetwas in Erinnerung: Keine Notiz, keine Postkarte mit Grüßen von einer Reise, kein Glückwunsch zum Geburtstag oder zu Weihnachten, ja, noch nicht einmal ein Testament aus seiner Hand hatte er hinterlassen. So absurd es ihm jetzt vorkam, vielleicht hätte ein Tattoo auf Vaters Arm Gelegenheit gegeben, zu reden. Vielleicht hätte er eine bedeutende Geschichte erzählt, über sich und seine Abenteuer im zwanzigsten Jahrhundert in Deutschland.

Philipp hatte den Wein ausgetrunken und auch den Espresso geleert. Es war spät geworden. Er beglich seine Rechnung und wagte sich in die Kälte der Nacht. Er würde morgen ausschlafen können, sein erster Termin war auf zehn Uhr festgelegt, eine angenehme Uhrzeit, und alles war vorbereitet für den nächsten Tag.

Soldat

Otto ist jetzt Posthelfer und sein Leben in Thorn bedeutet vor allem Arbeit. Freizeit, Freunde und Vergnügen kommen nicht allzu oft vor in seinem Alltag. Tatsächlich hat er die Tochter des Vorarbeiters in der Stadt getroffen, zufällig. Er hat sie angesprochen und sich mit ihr verabredet. An einem Sonntagnachmittag sind sie zusammen spazieren gegangen, das Weichselufer entlang, danach Kaffee und Kuchen im Ausflugslokal. Das Gespräch war freundlich, doch eine zweite Verabredung war nicht dabei herausgekommen. Es war zum Schluss bei unverbindlichen Andeutungen geblieben, man könne sich wiedersehen. Sie sind sich nicht mehr begegnet.

Mittlerweile hat sich Otto in die Volksliste eintragen lassen. Es ist jetzt amtlich, dass er Zugehöriger des deutschen Volkes ist. Er hat gleich den blauen Ausweis bekommen, nicht den grünen und Gott sei Dank nicht den roten. Der blaue soll zeigen, dass er schon ein echter Deutscher ist. Doch das hat seine Stellung bei der Reichspost nicht wesentlich verbessert. Er wird da eingesetzt, wo er gerade gebraucht wird. Er klettert weiterhin auf Telegrafenmasten, sortiert die Post und trägt sie aus. Eine Schufterei ist das Verladen der Pakete, immerhin ist er dabei im Lager und im Trockenen.

Er hat seinen Bruder in Engelsburg besucht, als der seine Schule beendet hat. Sie reden, wie es mit ihnen weitergehen könnte, überlegen, ob sie den elterlichen Hof wieder übernehmen sollen. Aber der Bruder will nicht zurück in das Haus. Außerdem hätten sie Bargeld gebraucht, für Saatgut, Gerät und Tiere. Otto hat nichts zurücklegen können in der kurzen Zeit, seit er verdient. Der Bruder will nach Graudenz zu Ventzki in die Landmaschinenfabrik, die hätten jetzt viel zu tun im Krieg und der Lohn sei gut.

Tatsächlich hat Ottos Vorarbeiter recht behalten mit dem Krieg. Hitler ist in den Norden einmarschiert und hat den Westen erobert, die Bilder mit ihm und dem Pariser Eiffelturm sind in allen Zeitungen. Und im gesamten Deutschen Reich hat man ihm zugejubelt. Andererseits traut sich auch niemand, etwas dagegen zu sagen, den Führer anzuzweifeln, den Parteibonzen zu widersprechen. Es hat sich schnell herumgesprochen, welche Lager und Strafen für Widerständler vorgesehen sind.

Otto hat schon darauf gewartet und er muss nicht lange warten. Nur kurz nach seinem einundzwanzigsten Geburtstag findet er das amtliche Schreiben im Briefkasten, auf dem Umschlag der Reichsadler mit dem Hakenkreuz in den Krallen. Der Befehl ist eindeutig und klar: Er hat sich in der Kaserne in Stettin einzufinden, ein Luftwaffenbataillon ist für ihn vorgesehen. Otto weiß, die Ausbildung würde nicht lange dauern, überall ist Krieg und Hitler braucht Soldaten. Sie würden ihm die Waffen zeigen und das Schießen beibringen, mehr ist nicht zu tun.

Otto räumt sein Zimmer in der Gerechtengasse, die Kaserne in Stettin wird jetzt sein Zuhause werden. Er tritt eine Reise an, die ihn immer weiter von seiner Heimat und seinem Zuhause entfernt. Er weiß nicht, ob er jemals dahin zurückfinden kann. Die wenigen Habseligkeiten hat er mit dem Fahrrad und Anhänger nach Engelsburg zum Onkel und zur Tante gebracht. Sie haben sich von ihm verabschiedet, ernst und mit Sorge. Ihr Sohn, Ottos Cousin, ist bereits im Krieg und sie haben schon lange keine Nachricht mehr von ihm erhalten. Der Bruder ist in Graudenz in der Fabrik. Otto schreibt ihm und hofft, dass es ihn nicht erwischen wird, dass der Krieg vorbei ist, wenn er zwanzig wird.

Er hat den Bruder noch ein Mal sehen können, im Spätsommer, als er schon wusste, dass bald seine Versetzung und sein Einsatz bevorstanden. Sie haben sich in Graudenz getroffen. Wie in Thorn konnten sie am Weichselufer noch einmal zusammen gehen, reden und sich erinnern. Ihre Jugend, kaum dass sie begonnen hat, ist schon vorbei. Ihr Leben ist todernst.

Dann zurück in die Kaserne, zu den Kameraden, zusammen essen, schlafen und marschieren mit ihren feschen Uniformen. Und wenn sie dann im Gleichschritt durch die Stettiner Straßen marschieren und laut singen, herausbrüllen, dass es schön sei, Soldat zu sein und vom blauen Dragoner schwärmen, dann stehen die Menschen stramm am Straßenrand. Sie recken ihre Arme in die Luft und wünschen dem Führer Heil.

Manchmal denkt Otto an sein Zimmer in der Gerechtengasse in Thorn, das ihm so einsam vorgekommen ist. Wenn er jetzt brüllend marschiert, vermisst er es.

Denkweisen

Der Vater hatte zum Gespräch gebeten, nur Philipp, die Mutter durfte dabeisitzen, sonst niemand. Unglaublich war diese Bitte und Philipp staunte über den Verständigungswillen des Vaters. Ein solches Gespräch würde es nicht mehr wieder geben. Philipp sollte erklären, wie er gedachte, sein Leben weiterzuführen. Sein Schulabschluss stand bevor und er hatte bereits das Privileg genießen dürfen, auf einer Realschule länger die Schulbank zu drücken. Jetzt sollte es ans Geldverdienen gehen, so wie seine Geschwister das bereits taten, als Schlosser, Flaschner, Kaufmann oder Bankkauffrau. Alle gaben bereits etwas von ihrem Verdienst ab, für Kost und Logis überließen sie den Eltern einen erklecklichen Betrag. Immerhin, sein Vater *fragte*, was er, Philipp, sich bereits ausgedacht hätte. Doch Philipp war unvorbereitet für ein solches Gespräch, nie hätte er mit einem Interesse des Vaters an seinem Leben gerechnet, er stotterte nur wirre Gedanken heraus.

Sein Vater hatte einen Plan und legte ihn ihm auf den Tisch. Eine Karriere als Verwaltungsangestellter müsste für ihn passen, am besten in einer

Behörde, vielleicht sogar eine Beamtenlaufbahn. Die Stadtverwaltung der Heimatstadt suche Mitarbeiter, eine saubere Arbeit im Büro, keine Hand mache man sich schmutzig, und man sei angesehen als Angestellter im Rathaus. Klare Vorstellungen, mit denen der Vater den Sohn konfrontierte, glänzende Perspektiven malte er ihm aus.

Philipps Überraschung rührte auch daher, dass er mit seinen Gedanken bereits in ganz anderen Welten schwebte; Welten, die meilenweit von dem entfernt waren, was sein Vater sich ausgedacht hatte. Trotzdem, Philipp kam nicht umhin, dem Vater die Fürsorge hoch anzurechnen, er war ein klein wenig beeindruckt, dass sein Vater sich für ihn kein Handwerk ausgedacht hatte, sondern einen Beruf mit Anzug und Krawatte – er traute ihm wohl doch etwas zu.

Das Gespräch wurde nicht wiederholt, Philipp traf eigene Entscheidungen und der Vater fragte nicht mehr nach. Philipp spürte, dass es ihm suspekt war, dass er sich für Abitur und Hochschule entschlossen hatte, doch er griff nicht ein, beließ es dabei. Philipp wusste auch später nie, ob sein Vater sogar stolz war auf ihn, weil er es weitergebracht hatte als gedacht. Oder hatte er es als Provokation empfunden, als Angriff auf seine Autorität, dass der Sohn andere Pläne verfolgte?

Dann waren da die Politik und die Demonstrationen gegen den Krieg in Vietnam, gegen die Autoritäten und die alten Nazis. Philipp machte kein Geheimnis aus seinen Ansichten, der Vater blieb stumm. Zucht und Ordnung, Kurzhaarschnitt und glänzend polierte Schuhe – waren das Indizien dafür, wie sein Vater dachte? War er sogar Mitglied in irgendeiner NS-Organisation gewesen und schwieg deshalb so konsequent über seine Vergangenheit? Philipp dachte sich alles Mögliche aus, spekulierte und versuchte, aus den wenigen Informationen Zusammenhänge herzustellen, dahinterzukommen, welche Geschichten sein Vater erlebt hatte. Doch er traute sich nicht, ihn direkt zu fragen, traute sich nicht, ihn zu konfrontieren, aus Angst, er könnte Dinge erfahren, die er besser nicht wissen wollte.

Es beruhigte ihn immerhin, dass der Vater nicht den revanchistischen Heimatvertriebenen-Verbänden hinterhergerannt war. Es wurden keine zwielichtigen Orden oder Kriegsabzeichen im Wohnzimmerschrank ausgestellt und der Vater war *nur* Gefreiter gewesen, kein Offizier, eine bescheidene militärische Karriere. Nie lobte er die Vergangenheit, dass früher alles besser gewesen sei. Er wünschte sich nichts zurück aus dieser Zeit, höchstens seine Familie. Dass für ihn Autorität und Gehorsam zwischen Vater und Sohn doch über allem standen, sogar mit Gewalt durchgesetzt werden sollten, musste andere Ursachen haben.

Philipp konnte sich keinen Reim darauf machen, dass der Vater Sympathien mit den Genossen Brandt und Schmidt zeigte, bei Wahlen sein Kreuz für sie machte und andererseits doch so unerschütterlich war in seiner harten patriarchalischen Haltung, dass er nichts zuließ, was die Autorität infrage stellte. Welches Gift hatte seine Seele so eng werden lassen?

Letzten Endes blieb nur, dass sich ihre Wege trennten, dass sie sich noch mehr aus dem Weg gingen als ohnehin schon. Sie verziehen sich nichts, weil sie beide nicht wussten, was sie sich hätten verzeihen sollen.

Fenster

Der Morgen war genauso kalt wie der Abend zuvor. Philipp hatte das Fenster seines Hotelzimmers in der Nacht einen Spalt offengelassen. Jetzt schloss er es schnell, denn die Zugluft ließ ihn frösteln. Die Sonne, die man als leuchtenden Ring über der Stadt erahnen konnte, hatte Mühe, den Nebel zu durchbrechen, ihn wegzuschmelzen. Trotzdem konnte der Tag ein schöner werden, vielleicht später, wenn er sich auf den Weg machte zu seinem Einsatzort.

Heute war er im Zeitplan. Sie hatten die Software bereits seit August letzten Jahres installiert, bisher aber keine Zeit gefunden, sich damit zu beschäftigen. Doch das Frühjahr würde bald kommen und dann der Sommer. Bis dahin müssten die Zeugnisse als digitale Dokumente im System hinterlegt und zum Ausdruck auf Papier bereit sein. Das war viel Arbeit. Philipp wusste, dass der Zeitplan kaum Spielraum ließ und ab sofort ein Rad ins andere greifen müsste, um das Gesamtziel zu erreichen. Er vermutete, dass sein Besuch in dieser Schule nicht der letzte sein würde in diesem Jahr.

Philipp wählte die Route über den Zoologischen Garten bis zum Hackeschen Markt. Ab dort hätte er ein paar Schritte zu Fuß zurückzulegen. Ihm war es wie ein Wunder, dass er auf seiner Fahrt Welten durchquerte, die noch vor wenigen Jahrzehnten unterschiedlicher nicht hätten sein können. Welten, die sich feindlich gegenüberstanden, mit Panzern und Soldaten und Schusswaffen. Jetzt fuhr er so von West nach Ost, ohne dass eine Mauer im Weg stand oder sich Abgründe auftaten. Auch im Äußeren des Stadtbilds war nicht mehr zu erkennen, wie zerrissen Berlin noch vor nicht allzu langer Zeit gewesen war.

Philipp war einmal durch die Zone nach West-Berlin gefahren, durch das fremde Land, mit seinem kleinen VW, auf der Autobahn verfolgt von den VoPos, endlose Kontrollen an den Grenzen, das Auto wurde fast auseinandergebaut. Damals hätte man sich das niemals vorstellen können, dass diese beiden Landesteile wieder zu einem werden könnten.

Die kurze Fahrt mit U- und S-Bahn verlief ohne Zwischenfälle, die Rushhour des Morgens war schon vorbei, es gab Sitzplätze in den Zügen. Die letzten Meter zu Fuß führten Philipp durch ein freundliches Wohngebiet, aufgeräumt und hell. Dann sah er das Schulgebäude, das eher wie ein Fabrikgebäude auf ihn wirkte. Hohe, geteilte Fenster, eine mächtige Fassade, fast schon monumental und an die maßlose Architektur Hitlers oder Stalins erinnernd. Gnädig verstellten jetzt Ahorn- und Ginkgobäume die pompösen Außenwände, kaschierten den Größenwahn, signalisierten Demut und Bescheidenheit.

Philipp näherte sich dem Komplex und schon bald konnte er aus unterschiedlichen Räumen Stimmengemurmel, Lehrervorträge, Rezitationen, Gesang und Musik vernehmen. Es erinnerte ihn an seine Schulzeit, als er mit großem Ehrgeiz Texte auswendig gelernt und für Theaterrollen geübt hatte.

Er sollte sich in der Verwaltung melden und wurde offenbar erwartet. Wie auch in den anderen Schulen, die er besucht hatte, erledigte ein Frauenteam die Büroarbeit. Der Schulleiter, mit dem Philipp telefonisch seine Termine und Leistungen besprochen hatte, sei leider außer Haus, vielleicht könnte er ihn am nächsten Tag antreffen. Die Lehrkräfte, die Philipp einweisen sollte, würden im Computerraum auf ihn warten und eine der Sekretärinnen bot sich an, ihn dort hinzuführen.

Der Empfang war freundlich und zuvorkommend, als hätten sie ihn sehnlichst erwartet. Doch Philipp konnte bei dem einen oder anderen Teilnehmer ein leichtes Stirnrunzeln wahrnehmen, das Skepsis ausstrahlte. Er würde sich anstrengen müssen, den Widerstand gegen die digitale Verarbeitung und Speicherung von persönlichen Informationen zu überwinden.

Am Vormittag liefen sie sich warm: Programmmodule, die Bedienoberfläche und das Sicherheitskonzept der Software waren für alle zukünftigen Zeugnisadministratoren unproblematische Themen. Der Einstieg war geschafft, sie hatten eine gemeinsame Ebene der Zusammenarbeit gefunden. Philipp war zufrieden und angestachelt durch die guten Arbeitsergebnisse wagte er sich in der Mittagspause noch einen Schritt weiter und begann Fragen zu stellen. Er wollte die Atmosphäre auflockern, für gute Stimmung sorgen, zugegebenermaßen etwas Small Talk betreiben. Für sie, das IT-Team der Schule und ihn als Moderator, war ein großer Tisch in der Mensa reserviert. Das Schulmittagessen war fast vorbei, der

Lautstärkepegel ging hörbar nach unten. Demnächst begannen schon die Nachmittagsstunden und viele Schüler verließen den großen Raum.

Philipp fragte nach Franz Mett, einem kommunistischen Widerstandskämpfer, für den eine Gedenktafel am Eingang des Schulgebäudes hing, weil er ermordet worden war. Die Antwort kam prompt und unverblümt: Nichts, eigentlich gar nichts hätte dieser Mann mit der Schule zu tun. Er wäre Namensgeber gewesen für die frühere DDR-Oberschule, für die die jetzt vorhandenen Gebäude gebaut worden seien. Damals in den Fünfzigerjahren, als Stalin in der DDR noch hoch im Kurs stand, sei das gewesen. Nach der Wende hätte man mit der neuen Nutzung die Namensgebung aufgehoben.

Die Lehrerin, die Philipps Frage beantwortet hatte, erzählte nüchtern, zunächst, dann holte sie aus. Sie vertiefte sich in die Lebensgeschichte dieses Mannes, der trotz Verhaftungen und Zuchthaus seinen Widerstand gegen das NS-Regime nie aufgegeben hätte. Er hätte immer weiter gemacht, im Untergrund mit der Roten Kapelle, und nach erneuter Verhaftung sei er im Konzentrationslager hingerichtet worden. Er sei einfacher

Arbeiter gewesen, kein Intellektueller, kein Politiker, kein Offizier.

Philipp blickte bei diesem Bericht wie durch ein Fenster, das genau für ihn geöffnet worden war. Was war das für eine Zeit, in der Menschen sich entscheiden mussten, wie sie unter und mit einer autoritären und brutalen Machtelite leben sollten? Welche Gewissensentscheidungen führten Menschen auf ganz unterschiedliche Wege?

Doch vor dem Bau dieser Schule und der Würdigung eines Widerständlers durch die Namensverleihung gab es noch mehr Geschichte. Weitere Fenster wurden geöffnet und Philipp konnte in noch entferntere Epochen blicken. Das Schulgelände gehörte seit langer Zeit zum Berliner Scheunenviertel. Dieses Viertel war ursprünglich ein jüdischer Stadtteil, später dann ein Ghetto, das erzählte jetzt ein anderer aus der Runde der Teilnehmer. Vielleicht war er Geschichtslehrer und kannte sich deshalb so gut aus. Ein israelisches Heimathaus habe hier gestanden und sei dann abgerissen worden. Mit dem Beginn der Verfolgung durch die Nazis hätten Juden von hier aus den Weg in die Lager antreten müssen, vor allem nach Auschwitz. Die Nazis schreckten nicht zurück vor den Alten und Kranken, die im Heimathaus von ihren Mitbürgern im Stadtteil versorgt wurden, und schickten sie in den Tod. Stolpersteine auf der Straße vor der Schule erinnerten an die wenigen bekannten Namen der Menschen, die dieses Schicksal erleiden mussten.

Das klang alles nach großer Geschichte, Judenverfolgung, Holocaust, Zweiter Weltkrieg, Nationalsozialismus: dicke, fette Überschriften für Ereignisse, die trotz intensiver Schilderung unkonkret blieben und nicht zu fassen waren. Warum stieß er immer wieder auf diese Themen? Weil sein Vater in dieser Zeit ein junger Deutscher war, der sich gerade auf den Krieg vorbereitete, der mit zu diesem System der Täter gehörte?

Philipp hatte aufmerksam zugehört. Jetzt entfernten sich seine Gedanken jedoch knappe fünfhundert Kilometer weiter östlich ins Deutsche Reich. Er sah sich in einer Kaserne, in der laut Befehle gebrüllt und ganz sicher den jungen Soldaten eingetrichtert wurde, dass Juden Abschaum seien, der ohne Gewissen vernichtet werden könnte.

Philipp sträubte sich gegen den naheliegenden Gedanken, die unterschiedlichen Ereignisse miteinander zu verknüpfen, Beziehungen unter ihnen herzustellen. Er sträubte sich, sich auszumalen, dass sein Vater Menschen angebrüllt hatte, auch alte, nur weil sie Juden waren, dass er sie mit dem Gewehrkolben gestoßen hatte, um sie in die Transportwagen zu jagen, dass er das geglaubt hatte, was die Offiziere ihm vorbeteten. Die schlimmste aller Fragen war jedoch, wie er, Philipp, sich in solchen Situationen verhalten hätte. Hätte er sich der unmenschlichen Vernichtungslogik der Nazis und der damaligen Mehrheit der deutschen Bevölkerung entziehen können? Könnte er sich freisprechen und seinen Vater anklagen?

Diese Gedankenspiele musste Philipp im Moment verschieben, seine Gesprächspartner schauten ihn schon verwundert an und warteten auf das Startsignal von ihm, dass es weitergehe und sie die Mittagspause beendeten. Philipp sah auf die Uhr und stellte fest, dass sie die Pause viel zu lange ausgedehnt hatten. Er fordert das Team auf, weiterzumachen. Sie würden den Nachmittag vor dem Computer verbringen, er würde erst am Abend weiter nachdenken können.

Weiß im Schwarz

Sie haben deftig ihren Abschied gefeiert, in der Lübschen Mühle, am Ende hat sie der Wirt vor die Tür gesetzt. Seine Kameraden und er haben das Bier fließen lassen und noch eine Runde und noch eine Runde. Allein hätten sie kein Ende gefunden. Ihr Zug wird versetzt. Morgen früh, sehr früh, würden sie mit dem Militärtransport nach Westen verfrachtet werden, an die Küste, Richtung Kiel, nur Truppentausch, kein Fronteinsatz. Otto weiß nicht, ob das gut ist oder schlecht. Es ist ihm recht, dass man von dort noch nicht allzu viel gehört hat. Es gibt keine schlechten Nachrichten, nur dass die Engländer immer wieder über die Küste in die deutschen Städte fliegen, um sie anzugreifen. Einige seiner Kameraden haben es bedauert, nicht Richtung Osten versetzt zu werden, dorthin, wo seit dem Sommer der große Krieg gegen die Roten, die Bolschewiken stattfindet. Sie haben sich auf einen Triumphzug durch Moskau gefreut, ein Triumphzug, der den von Paris weit in den Schatten gestellt hätte, darin sind sich alle einig. Und jetzt die Nordseeküste und sie als Etappenhengste, die sich dort kein Eisernes

Kreuz erkämpfen können. Doch Befehl ist Befehl und so fügen sie sich den Einsatzanweisungen.

Otto hat seinen Platz gefunden in seinem Zug, die Kameraden respektieren ihn. Er ist kein Angeber, kein Aufschneider, keiner, der sich mit billigen Sprüchen einen Vorteil verschaffen will. Er lässt sich jedoch auch nichts gefallen, setzt die Faust ein, wenn ein Streit ausgefochten werden muss. Er kommt mit den Vorgesetzten zurecht, weil er zuverlässig ist und weil er nicht auffällt, er bleibt stets in Deckung.

Das Soldatenleben hat ihn bereits verändert, das, was ihm früher zuwider war, gehört jetzt zu seinem Alltag: mit den Kameraden saufen und grölen und Tabak rauchen. Ihm fällt sein Vater ein und woran er gestorben ist. Doch er kann sich dem nicht entziehen, das ist jetzt das Mindeste, um mit den Kameraden mitzuhalten. Diese Übel sind die kleineren im Soldatenleben – Verwundung, schwere Verletzung oder Tod sind die größeren. Das sieht man immer häufiger in der Kaserne, im Lazarett, in der Stadt, wenn Männer einen Arm oder ein Bein verloren haben, Krüppel sind, bevor ihr Leben überhaupt begonnen hat. Dann lieber der Etappenhengst, der vielleicht

Glück hat und einigermaßen unversehrt aus diesem Krieg herauskommt.

Otto ist froh, dass sein kleiner Bruder immer noch in Graudenz ist, in der Fabrik, dort glaubt er ihn sicher. Onkel und Tante geht es gut und auch der Cousin sei zwischenzeitlich zum Heimaturlaub da gewesen, das haben sie geschrieben.

Trotz allem – Otto vermisst sein ziviles Postlerleben in Thorn. Alles war ruhig gewesen, geordnet, mit geregelten Abläufen und kleinen Überraschungen, wie einem Spaziergang an der Weichsel mit einer jungen Frau. Das alles findet jetzt nicht mehr statt. Stattdessen laute, dröhnende Nachrichten aus jedem Volksempfänger, von jeder Kinoleinwand, in allen Zeitungsblättern: Die glorreichen Erfolge der Deutschen stehen über allem, sie sind die Besten.

Er hätte mitgehen können, jedes Wochenende, die Kameraden brüsten sich, wenn sie von ihren Liebesabenteuern in den Bordellen der umliegenden Dörfer schwärmen. Er solle mitkommen, die polnischen Mädchen würden nur auf ihn warten, das sei das reinste Vergnügen.

Otto ist anders erzogen worden, das wissen seine Kameraden nicht. Aber ihm fällt der Vater ein und vor allem die Mutter, die ihn vor der bösen Schlange gewarnt hat. Diese Schlange verstecke sich vorzugsweise in Frauenkörpern, um unschuldige Seelen an sich zu reißen. Damals hat Otto noch nicht gewusst, was das heißen sollte, heute begreift er es und er hält sich an das, was er von seiner Mutter gelernt hat.

Seine Kameraden sind laut auf dem Weg durch die Stadt zurück zur Kaserne. Doch kein Bewohner würde sich über Ruhestörung beklagen, da haben sie Narrenfreiheit, die Soldaten. Otto ahnt, dass ihn am nächsten Tag ein Kater plagen würde. Jetzt noch zwei, drei Stunden Schlaf, bevor sie um fünf zum Bahnhof gejagt werden. Sein Marschgepäck hat er vorsorglich schon vor der abendlichen Kneipentour gepackt, alles steht bereit. Für Otto ist es die erste große Reise, die er unternimmt – wenn auch nicht ganz freiwillig. Bisher hat er noch nicht viel gesehen von Deutschland, geschweige denn von Europa. Das würde sich ab morgen ändern.

Nordsee, Ruhrpott, Rheinland – beliebige Stationen seines Zuges. Otto sieht andere Landschaften, andere Städte, andere Menschen. Hier werden sie freundlich als Beschützer begrüßt, wehe, wenn sie im Ausland als Besatzer ankämen, als Herrenmenschen, die alles, was nicht deutsch war, als unwert behandelten... Ihr Zug kommt nicht zum Fronteinsatz, bisher, doch einige Kameraden haben sich das gewünscht, fiebern danach, sich endlich für Hitler, für ihren großen Führer beweisen zu können. Otto hält sich bei dieser Frage bedeckt. Er will sein Leben nicht so einfach wegwerfen, es bedeutet ihm etwas und er hat schon einiges überstanden, was es ihm umso wertvoller macht.

Otto hat die Toten nicht gezählt, die er bereits gesehen hat. Er ist im Bilde, wie manche seiner Kameraden mit Menschen umgehen, die sie als minderwertig betrachten, brutal, ohne jedes Mitgefühl, rücksichtslos, grausam. Otto weiß auch, dass man das Gleiche von ihm erwartet, er hat sich dem bisher entziehen können, und er ist froh, dass man hinter dem Vorhang der Verschwiegenheit so manche dieser Erfahrungen verstecken kann.

Diese Zeit, Ottos Soldatenzeit, ist schwarz: Zerstörung, Ruinen, Flammen, Dreck und Staub, den man nicht so einfach wegwaschen kann. Schlimme, grausame Dinge, die man erlebt, über die man nicht reden darf, dann auch gar nicht mehr kann, weil man sie sorgsam verschlossen hat in seinem tiefsten Innern. Wo war noch Freude und Frieden? Nirgends.

Eine Atempause am Rhein, ihr Zug wird dorthin versetzt. Eine kleine Flakstation soll die Bombenflüge Richtung Mannheim und Ludwigshafen abwehren. Dort sind große Industrieanlagen, die kriegswichtig sind. Als Wehrmachtsoldaten werden sie von der Bevölkerung freundlich begrüßt. Doch die Siegesgewissheit der Deutschen ist gesunken, zunehmend hat man resigniert. Der Krieg hätte doch längst beendet sein sollen, in Russland kämpfen sie schon über ein halbes Jahr und kommen nicht voran. Otto freut sich darauf, nicht im Zelt oder einer selbst gebauten Baracke kampieren zu müssen. Sie haben eine kleine Unterkunft in Bobenheim am Rhein. Keiner von ihnen wagt es, offen auszusprechen, dass es fast wie ein Heimaturlaub ist: Keine Front in der Nähe, keine Schützengräben, nur von oben müssen sie sich in Acht nehmen. Die Bombenangriffe der Alliierten haben auch hier im Landesinnern stark zugenommen.

Otto ist jetzt schon über ein Jahr nicht mehr

nach Thorn zurückgekehrt. Letztes Weihnachten war er in Engelsburg auf Heimaturlaub. Er hat Onkel und Tante besucht, sogar sein kleiner Bruder hat sich eingefunden, als er gehört hatte, dass Otto zu Besuch kommen würde. Onkel und Tante waren froh, wenigstens ihre Neffen begrüßen zu können. Ihr Sohn war an der Ostfront und sie hatten schon lange nichts mehr von ihm gehört. Der kleine Bruder hatte weiterhin bei Ventzki sein Auskommen, er war gerade sechzehn geworden und Otto betete, dass der Kelch des Soldatenlebens an ihm vorüberginge.

Die Weihnachtsfeier war bescheiden, viel gab es nicht zu verschenken. Immerhin servierte die Tante einen deftigen Braten am Weihnachtsfeiertag. Die Gespräche, die sie führten, waren ernst; keiner glaubte mehr so recht, was in den Wochenschauen verkündet wurde. Doch andere Informationen gab es nicht, nur Gerüchte und wie sollte man denen glauben? Es war das letzte Mal, dass Otto seinen kleinen Bruder sah.

Der Rhein ist noch mächtiger als die Weichsel, und es gefällt Otto, am Fluss entlangzugehen, wenn er einmal Ausgang hat. Bobenheim ist ein Nest, die nächste größere Stadt ist Worms, dorthin kommt man mit dem Fahrrad, dem Motorrad oder zur Not zu Fuß. Mit ein paar Kameraden ist Otto am Wochenende losgezogen, mit ihren alten Fahrrädern in die große Stadt, die ihm nicht größer vorkommt als Thorn. Sie schauen sich um in den Ausflugslokalen am Ufer, der Frühling ist im Vormarsch und die Sonne wärmt schon. Sie trinken ein Bier oder zwei, schauen den Mädchen nach, machen ein paar freche Sprüche und fahren zurück zum Stützpunkt.

Das sind ihre schönsten Erlebnisse. Sie sind fesche junge Männer, machen etwas her in ihrer Ausgehuniform, können prahlen, was das Zeug hält, und selbst Otto – der sonst immer so schüchtern ist – kann mittun bei der Angeberei, lächeln, mit den Augen zwinkern, die so strahlend blau blitzen.

Es ist Mai, endlich, der Frühling hat die Überhand gewonnen über die letzten kühlen Tage des Aprils. Es ist Freitag und Otto freut sich schon auf den Ausflug nach Worms am Sonntag, so hat er es mit den Kameraden abgesprochen. Otto ist fertig mit der Reinigung und Inspektion der Geschütze im Unterstand und ist auf dem Weg zu den Mannschaftsräumen. Eine junge Frau steht ihm im

Weg, dunkles, fast schwarzes, langes Haar, ein hübsches Gesicht. Es ist ihm unklar, was sie hier draußen im Gelände sucht, eigentlich darf sie gar nicht hier sein, in der Nähe der Geschütze. Oder hat sie ein Kamerad hierher bestellt?

Es ist Abend und Otto spürt ihre Unsicherheit, sie weiß nicht, was sie tun soll. Er spricht sie an und schnell klärt sich, dass sie mit einer Freundin gekommen ist, aber die ist verschwunden, wohin auch immer. Nun steht sie da und ist hilflos, weil sie keine Ahnung hat, wie sie vor der Dunkelheit nach Hause kommen soll. Otto kann sie nicht begleiten, er hat noch Dienst. Sein altes Fahrrad bietet er ihr an, mit Querstange, aber fahrtauglich, ob sie sich das traue. Das ist für sie keine Frage, aber wie komme das Fahrrad zurück zu ihm? Am Sonntag im Hagenbräu, dorthin solle sie es bringen, am Nachmittag. Irgendein Kamerad würde ihn schon mitnehmen auf dem Gepäckträger.

Sie treffen sich am Sonntag und an weiteren Sonntagen und manchmal auch am Abend. Sie ist nicht auf den Kopf gefallen und er versteht, dass sie anständig behandelt werden muss: Das ist kein Mädchen für das schnelle Vergnügen, das

Otto sowieso nicht will. Es geht durch den Sommer, den Herbst und den Winter. Es wird zu kalt für Treffen im Freien, da bleibt nur noch das Kino und sie wärmen sich gegenseitig.

Sie heißt Margret und Otto lernt bald ihre Mutter kennen und ihren kleinen Bruder, der große ist irgendwo im Krieg. Er erfährt, dass auch sie ihrem Vater früh verloren hat und ihn sehr vermisst. Das verbindet sie miteinander. Sie wollen zusammenbleiben, ein gemeinsames Leben führen – das verspricht Otto, auch wenn die Aussichten dafür gerade nicht besonders rosig sind.

Der Krieg ist schnelllebig, Otto kann jederzeit versetzt werden. Sie beeilen sich, ihre Papiere zusammenzubekommen, ohne den kleinen Ariernachweis hätten sie kein Paar sein können. Otto hat sich die nötigen Taufscheine von seinem Onkel schicken lassen. Margrets Mutter hat eingewilligt und zugestimmt, dass sie zunächst bei ihr wohnen bleiben können, bis der Krieg vorbei ist, hoffentlich bald ...

Otto will seine Frau an der Hochzeit in weiß sehen, auch wenn ringsum alles schwarz ist und es immer weniger zu kaufen gibt. Keiner von ihnen hat Reichtümer angehäuft, doch das weiße

Brautkleid muss sein. Margret lernt das Schneidern, das hilft, denn Otto hat seine Kameraden angesprochen und das Problem geschildert. Und irgendwann liegt ein Bündel weißer Fallschirmseide auf seinem Feldbett in der Unterkunft, den Rest besorgt Margret.

Die Hochzeit ist bescheiden, die Schwiegermutter mit Margrets kleinem Bruder, ein paar Kameraden, das Ja-Wort in der Kirche und ein gemeinsames Essen mit dem, was man noch zusammenbekommen hat. Ottos Onkel und seiner Tante ist der Weg aus Engelsburg zu weit und zu gefährlich, sein Bruder kann nicht kommen. Otto hätte ihn gerne dabeigehabt. Er hat jetzt eine Familie, was er lange vermisst hat, eine Frau und vielleicht auch bald Kinder, die er beschützen kann. Doch der verdammte Krieg ist noch nicht zu Ende.

Zerstörung

Eine Familie um sich zu haben, zu Hause sein, in Ruhe sein Leben führen, das sind Ottos große Wünsche. Doch seine Pläne werden durchkreuzt. Statt näher bei Margret zu sein, wird er immer mehr von ihr entfernt: erst Richtung Mainz, dann noch weiter nach Hessen zu irgendwelchen Stützpunkten, die er schon nicht mehr auseinanderhalten kann. Als Gefreiter der Luftwaffe, genauer gesagt der Luftabwehr, werden seine Einsätze immer dringlicher, die Bombenangriffe über Deutschland nehmen mit jeder Woche zu. Dort, wo Angriffe auf Städte, Industrieanlagen oder Gleise drohen, dort wird er hinversetzt. Da zählt es nicht, dass er verheiratet ist und bald sogar Vater wird. Seit den großen Verlusten in Stalingrad ist die Moral gesunken, auch in der Truppe, und trotzdem: Befehl ist Befehl und Otto kann sich keinem Standortwechsel widersetzen.

Auf der Fahrt durch das Land, von einem Ort zum anderen, sieht Otto die zerstörten Häuser und Fabriken, die Bombenkrater neben den Gleisen. Und an jedem Bahnhof stehen die Transportzüge, beladen mit „Menschenmaterial": Juden, die weggeschafft werden sollen. Er hört die klagenden Laute alter Männer und Frauen, das Weinen von Kindern aus den geschlossenen Viehwagen und Otto weiß, was mit diesen Menschen passieren soll: Vernichtung, das ist Hitlers Devise. Margret hat von der großen jüdischen Gemeinde in Worms erzählt und wie sie mit ansehen musste, dass diese gezwungen wurden, das Kopfsteinpflaster zu schrubben. Ringsum hätten die Deutschen gestanden, die Nachbarn und hätten die Juden mit hämischen Rufen angetrieben.

Otto kennt die Warnungen und Bezichtigungen, wie gefährlich und volkszersetzend die Juden seien, doch wenn er die Menschen sieht, fällt es ihm schwer, die Vorwürfe mit der Realität zusammen zu bringen. Aber er nimmt es hin, denkt nicht weiter darüber nach. Wie kann das so weitergehen, fragt er sich. Doch niemand redet offen über das, was sich anbahnt, die Niederlage. Und niemand ahnt, was noch kommen wird an Leid und Verletzung, das grausame Ende will sich keiner vorstellen.

Otto hat seine Tochter auf dem Arm, er ist jetzt glücklicher Vater. Margret und seine Schwiegermutter haben immer mehr zu kämpfen, ausreichend Nahrungsmittel zu besorgen. Die Schwiegermutter hat nur eine magere Witwenrente zur Verfügung und seine Frau muss sich mit Näharbeiten für die Nachbarn über Wasser halten. Sein Sold kann der Familie nicht viel weiterhelfen. Otto hätte gerne mehr getan, hätte gerne für seine Familie gearbeitet, Gemüse angebaut, Tiere gehalten, dass es wenigstens Milch gibt für die Kleine. Doch sein Einsatz als Soldat findet an anderen Orten statt und sein Leben wird von Tag zu Tag gefährlicher.

Im Winter ist er eine ganze Woche zu Hause, erholsame Tage, auch wenn sie immer wieder wegen der Fliegeralarme in den Keller rennen müssen. Weihnachten kündigt sich schon an; die Frauen schauen, ob sie von dem Wenigen etwas abzwacken können, eine Hand voll Maismehl oder etwas Zucker. Für Weihnachtsplätzchen wird es nicht reichen, aber zwei oder drei süße Teilchen können sie backen. Doch Otto muss schnell wieder los, nach Norden, Hessen, irgendwo, er kann die Orte nicht mehr zählen und sich erinnern, wo er schon überall war. Und ab diesem Winter geht es Schlag auf Schlag, Angriff auf Angriff.

Im Westen haben die Amerikaner die Atlantikküste erobert und verjagen jetzt die Deutschen aus Frankreich, im Süden kommen sie über Sizilien und im Osten rücken die Russen vorwärts. Die Frage ist, wann sie seine Heimat, Engelsburg und Thorn erreichen würden. Was wird mit dem elterlichen Hof passieren und mit Onkel und Tante? Von seinem Bruder und den Verwandten hat Otto schon lange nichts mehr gehört.

Otto wechselt von einer Flakstellung in die nächste und dann ist er in Dresden. Sie sollen sich eingraben auf den Elbhügeln, Angriffe der Engländer und Amerikaner stehen bevor.

Diese Nacht kann Otto nicht vergessen – doch er muss sie vergessen, wenn er weiterleben will. Die Stadt liegt hell unter den Leuchtbomben, dann ein Flugzeug nach dem anderen, das seine Bombenfracht auf Wohnhäuser abwirft. Häuser fallen in sich zusammen, brennen lichterloh und Otto sieht die Menschen, die aus den Häusern rennen, um Hilfe schreiend, und der nächste Angriff rollt heran. Diese Bilder versteckt er in seinem Innern.

Otto sitzt auf der Flak, die Kameraden haben sie bestückt. Sie ist auf die herannahenden Feinde gerichtet. Die Flak wird abgefeuert. Ein Flugzeug torkelt am Himmel und verschwindet in den Staubwolken. Auch diese Bilder versteckt Otto in seinem Innern.

Auf den Straßen laufen Menschen um ihr Leben, ihre Kleider lodern im Phosphorregen, sie stolpern, ersticken, bleiben liegen. Auch diese Bilder versteckt Otto tief in seinem Innern.

Die Nacht geht vorbei, der Höllenlärm wird leiser, auf den Straßen, im Bahnhof, wo die vielen Flüchtlinge aus dem Osten kampiert haben, Leichenberge nackter, verbrannter Menschen. Otto versteckt all diese Bilder ganz tief in seinem Innern.

Wem soll er das erklären und glaubhaft machen? Seine Worte würden dafür nicht reichen. Er erträgt es selbst nicht, wagt sich nicht an das, was tief in seinem Innern liegt. Den Schlüssel zu diesem Versteck hätte er gern weggeworfen, für immer, aber so einfach geht das nicht. Die Bilder und den Schlüssel wird er nicht los werden.

Wenn jetzt wenigstens alles vorbei gewesen wäre nach dieser Nacht in Dresden. Wenn er hätte nach Hause gehen können zu seiner Frau und seinem Kind. Wenn er sich hätte trösten lassen können. Wenn er hätte weinen können. Doch Tränen gibt es nicht mehr nach dieser Nacht, diese Quelle bleibt für immer verschüttet.

Hitler und Goebbels halten am Endsieg fest. Der Volkssturm ist längst ausgerufen, alle sollen an die Waffen, auch Kinder und alte Männer. Mit Sorge denkt Otto an Graudenz und an seinen Bruder, die Russen haben längst die Oder erreicht, die Heimat ist bereits verloren.

Otto wird nicht nach Hause geschickt, nächster Transport, nächster Einsatz. Mit ein paar wenigen Zeilen hat er Margret mitgeteilt, wo er ist. Ob seine Post sie erreichen wird, ist mehr als fraglich. Es geht diesmal in den Süden. Dort rücken die Amerikaner und Briten vor und sie sollen die Frontlinie halten. Den Hass der Einheimischen, der ihnen entgegenschlägt, kann man nicht mehr übersehen. Von den apenninischen Bergen ziehen sie sich von Woche zu Woche zurück, bis in die Po-Ebene. Und wieder gibt es Tote, wenn die Alliierten ihre Angriffe fliegen und ihre Stellungen angreifen. Kameraden, jung, die er kaum kennt, weil ihre Abteilung notdürftig zusammengewürfelt ist, die getötet werden, die ihr Leben noch gar nicht begonnen haben. Und es gibt neue, furchtbare Bilder, die Otto tief in seinem Innern verschließen muss. Sein Verlies der Grausamkeiten quillt über, er kann die Tür kaum schließen.

Das Ende ist eine Erlösung für Otto, weil er überlebt hat – ein Wunder in seinen Augen. Er wird mit seinen noch lebenden Kameraden in einem Internierungslager festgehalten. Sie werden anständig behandelt; die Briten sind zwar streng, aber fair. Das Lager ist provisorisch und staubig, doch es ist schon April und dann kommt der Sommer, es wird warm und sie frieren nicht.

Otto schreibt an seine Frau, die nicht weiß, ob er lebt und wo er ist. Ob die Post ankommen würde, weiß er nicht. Im November darf er nach Hause, mit den Zug, dem Bus, zu Fuß. Ein Jahr lang ist er fort gewesen, hat seine Frau nicht gesehen und seine kleine Tochter. In seiner Abwesenheit hat Margret ihm einen Sohn geboren: ein Baby, so winzig und leicht, dass es Otto kaum in seinen Armen spürt. Margret ist ihm um den Hals gefallen, sie selbst ist noch schwach und mager von der letzten Geburt. In Deutschland hat das Leben schon wieder begonnen, als wäre nichts gewesen, als wäre alles nur ein böser Traum. Die grausamen Bilder bleiben jedoch fest in Otto verschlossen, für immer.

Kriegsspiele

Wenn sie Krieg spielten, waren sie laut. Das Geschrei hallte von den Ziegelwänden des Eisenbahnerblocks, als sie ihren Hinterhof gegen den Nachbarblock verteidigten. Krieg war kein bevorzugtes Spiel für Philipp, er machte mit, wenn die Jungs in seinem Block ihn aufforderten, sich ihnen anzuschließen. Wenn es dann richtig ernst wurde, flüchtete er schnell in die Wohnung zu Mama.

Man sah die amerikanischen Jeeps auf der Straße stehen und kräftige Soldaten, die dort drinsaßen; manche sahen schwarz und fremd aus. Sie winkten einen zu sich und verschenkten Kaugummis. Warum die auf den Straßen seiner Heimatstadt Worms standen, war keine Frage – das war so selbstverständlich wie der Briefträger an der Haustür. Über Krieg sprach man nicht, weil es ihn nicht gab. Selbst die große Schwester wusste anscheinend nichts davon, obwohl sie doch noch Bombennächte im Keller mit der Mutter erlebt hatte.

Wenn es so etwas wie Krieg einmal gegeben haben sollte, dann war das ganz lange her. Sogar das Wort Krieg kam nicht vor. Keiner wollte es in den Mund nehmen, fast so, als rühre es an einer Schuld, die man mit keiner Seife der Welt abwaschen konnte. Wenn ein lautes Gewitter vorüberzog und die Donnereinschläge Philipps Mutter heftig zusammenzucken ließen, redete sie nur noch ganz leise. Warum sie Angst habe, hatte Philipp gefragt, es sei das Gewitter, nur das Gewitter, der Donner klinge wie die Bomben im Krieg.

In der Schule erzählten die Lehrer Geschichten vom tragischen und grausamen Untergang der Nibelungen, die einst in Worms ihre Burg hatten und dort hätten glücklich sein können. Doch das, so wurde ihnen erklärt, sei nur eine Sage und über tausend Jahre her. Außerdem seien sie Barbaren gewesen.

Der Krieg wurde erst ins Haus gelassen, als der neue Schwarz-Weiß-Fernseher im Wohnzimmer platziert wurde. Die Nachrichten zeigten stundenlang den Mord an Kennedy und später die Bilder aus Vietnam. Wo lag Vietnam? Am anderen Ende der Welt; dagegen konnte man so schön protestieren.

Und dann wartete Philipp, bis er dran war, denn bei einigen seiner Schulkameraden und

Freunden war es bereits passiert: Der Musterungsbescheid lag im Briefkasten, der Adler schwarz und bedrohlich auf dem Briefumschlag. Er war gemeint. Er sollte Soldat werden, sich an der Waffe ausbilden lassen, schießen lernen und mit den anderen im Gleichschritt marschieren. Das amtliche Schreiben machte ihm Angst. Die Vorstellung, eine Waffe im Anschlag zu halten, jemanden zu bedrohen, vielleicht sogar abzudrücken und jemanden zu töten, ließen ihn frösteln.

Philipp wusste, er konnte verweigern. Er kannte welche, die das schon geschafft hatten. Seine Verweigerung musste man begründen und man musste vor einem Prüfungsausschuss erscheinen und sich rechtfertigen, warum man nicht töten wolle. Man wurde ins Kreuzverhör genommen.

Philipp redete vor der Kommission, verteidigte sich mit allem, was er wusste und fühlte, doch sie glaubten ihm nicht. Drei Tage später hatte er den Bescheid im Briefkasten, wieder mit schwarzem Adler, sein Antrag auf Verweigerung war abgelehnt. Seine Begründung sei nur intellektuell und angelernt, lediglich von anderen übernommen. Aber es gab noch eine zweite

Chance: Philipp legt Widerspruch ein. Doch jetzt brauchte man Zeugen, Unterstützer; Menschen, die seinen Pazifismus bestätigten und ihm Glaubwürdigkeit attestierten.

Philipp fragte Lehrer an seiner Schule, ob sie ihm helfen könnten, mit einer Aussage zu seinen Gunsten. Er sprach nur Lehrer an, von denen er wusste, dass sie ihn mochten. Wie einfach wäre es gewesen, wenn er seinen Vater gefragt hätte. Oder doch lieber nicht? War es besser, dass er es nicht tat?

Vater, sie wollen, dass ich Soldat werde. Willst du, dass ich Soldat werde? Hätte er ihn das fragen können? Vater, sie wollen, dass ich in den Krieg ziehe, wie ist der Krieg? Soll ich schießen und kämpfen?

Philipp hat diese Fragen nie gestellt. Der Vater hätte ihm nicht geantwortet – vielleicht auch nicht antworten können. Ohnehin, sie waren auseinander; im Streit hatten sich ihre Wege getrennt. Trotzdem malte Philipp sich aus, wie sein Vater neben ihm saß, sie beide im Angesicht der Prüfungskommission. Er stellte sich vor, wie sein Vater den Beisitzern und dem Vorsitzenden mit deutlichen Worten erklärte, dass Krieg nichts tauge. Er dürfe nicht über die Menschen kommen, einfach weil er grausam war. Der Vater hätte erzählt, wo er gewesen war: in Dresden, in Italien und überall, und was er gesehen hätte. Die Beisitzenden hätten Tränen in den Augen gehabt. Und dann mit einem Donnerhall hätte er erklärt, sein Sohn werde kein Soldat, auf gar keinen Fall! Dramatisch wie im Kino stellte Philipp sich das vor. Am Ende hätte er seinem Sohn den Arm über die Schulter gelegt und sie beide hätten das Urteil gar nicht erst abgewartet. Sie hätten erhobenen Hauptes den kalten Gerichtssaal verlassen.

Leider ein Traum, soweit kam es nicht. Philipps Lehrer schrieben positive Gutachten über ihn und das reichte für ein neues Urteil aus. Er war jetzt anerkannter Kriegsdienstverweigerer, das zählte, auch bei den Freunden. Die Familie wusste nichts davon, auch der Vater nicht. Doch Philipp hätte seinen Erfolg mit ihm teilen müssen.

Erinnerungswege

Es war tatsächlich so gekommen, wie Philipp es insgeheim befürchtet hatte. Statt die Programmlogik durchzuarbeiten, führten sie Grundsatzdiskussionen. Sie stritten darüber, ob die Kategorisierung von Schülern mit Zahlen und Textbeurteilungen deren Persönlichkeiten und Potenziale tatsächlich darstellen könne. Sie fragten, ob die Software nicht Vorschub leiste, die vielen Dimensionen eines Menschen aufs Platte, aufs Eindimensionale zu reduzieren.

Dabei war der gestrige Tag mit den angenehmen Gesprächen in der Mittagspause ein voller Erfolg gewesen. Alle hatten sich freundlich verabschiedet und sich gegenseitig einen guten Abend gewünscht. Philipp war zufrieden ins Hotel zurückgekehrt, hatte sich etwas ausgeruht und war dann wieder ins Winterfeld zum Abendessen gegangen. Das war Philipps Eigenart: auf Bewährtes setzen und möglichst nicht experimentieren. Der Kellner vom Vorabend hatte ihn sofort wiedererkannt, obwohl er das nicht zeigte, doch er führte ihn an denselben Platz wie am Abend zuvor.

Es war ihm gut gegangen an diesem Abend,

das Essen, der Wein, der Kaffee, es war wieder eine runde Sache. Er hatte versucht, seine in alle Richtungen strebenden Gedanken zu sortieren. Er wünschte sich, die unterschiedlichen Ebenen der Geschichte, die ihm an diesem Tag begegnet waren, zu verbinden. Er wollte dem Bedürfnis nicht nachgeben, ein Einzelschicksal wie das seines Vaters zum einsamen Denkmal zu stilisieren. Er hätte sich gerne als Maler gesehen, der Farbschicht für Farbschicht auf eine Leinwand aufträgt, wartet, bis eine Schicht getrocknet ist, bevor er die nächste aufpinselt, oder auch nicht, wenn er die nassen Farben miteinander vermischte.

Er war sofort erschrocken vor diesem Bild. Er wischte es schnell wieder weg. Es ging ihm nicht um schöne Künste, um eine wie auch immer geartete Ästhetik. Es ging um Geschehnisse in der Vergangenheit, die unwiderlegbar grausam und im tiefsten Sinne als menschenunwürdig zu betrachten waren. Das Talent und die fast schon übermenschliche Fähigkeit eines Paul Celan, das Grausame und Einmalige des Holocaust in Poesie zu formen, würde sich Philipp nie und nimmer anmaßen wollen.

Philipp musste sich am späten Abend

eingestehen, dass er von einer Lösung seines gedanklichen Zwiespalts weit entfernt war. Er hatte keinen Weg gefunden, diesen aufzulösen: hier der junge deutsche Mann, sein Vater, ausgebildet als Soldat im System der Täter. Dort das System selbst, mit einem autoritären, unbarmherzigen Führer und die Opfer, die das wütende System bis zu seinem Kollaps unerbittlich hervorgebracht hatte. Philipp hatte die Fäden noch nicht gefunden, die all das miteinander verknüpften. Er hatte nur erstaunt feststellen können, dass das eine mit dem anderen zu tun hatte. Müde von diesen Rätseln war er schlafen gegangen.

Jetzt stritten sie über Mensch und Computer, über analoge und digitale Welt, über soziale und künstliche Intelligenz. Eigentlich war Streit das falsche Wort, denn Philipp gefiel es, wenn Menschen sich Gedanken machten über den Einsatz von Computern. Wo war er Hilfe und Unterstützung, wo war er fehl am Platz? Doch diese Diskussion torpedierte seinen Zeitplan, sie hatten noch nicht alle Programmmodule durchgearbeitet. Gerade der Kern des Programms, die Generierung von Zeugnissen am Ende langer Eingabeprozesse, machte eine fundierte und sehr sichere

Bedienung der Software notwendig. Philipp würde den Schulleiter aufsuchen und um eine Verlängerung der Schulung bitten müssen.

Was die Diskussion betraf, fand man im Team keine abschließende Lösung, man einigte sich auf Minimalkompromisse. Das Programm sollte als Hilfsmittel verstanden werden und als ein Archiv, das schnelle und sichere Zugänge bot, um vergangene Entwicklungen zu dokumentieren und wieder abrufen zu können. Philipp glättete die Zuspitzung des Konflikts, indem er das zukünftige Administratorenteam des Zeugnisprogramms zu subversiver Vielfalt aufrief. Sie sollten ihrem Anspruch auf vollständige Erfassung einer Person dadurch Rechnung tragen, dass sie möglichst viele und erhellende Details zu einer Schülerpersönlichkeit erfassten, auch wenn sie divergierend sein sollten. Auf einfache Beurteilungen mit Noten oder Textbausteinen sollten sie verzichten. Sie hätten es in der Hand, welche Datenvielfalt entstünde. Mit diesem Kompromiss konnten sie einigermaßen besänftigt in die Mittagspause gehen.

Nach dem Essen in der Mensa hatten sie sich auf eine längere Pause geeinigt; ein Spaziergang sollte möglich sein. Die Sonne hatte wie am Tag zuvor den Nebeldunst aufgelöst und leuchtete am blauen Himmel. Das Team hatte entschieden, in den Friedrichshain zu wandern – das bedeutete zwar einen kleinen Fußmarsch, dafür aber Erholung im Grünen des Volksparks.

Philipp lief neben dem Kollegen, von dem er glaubte, dass er Geschichtslehrer sei, es aber immer noch nicht definitiv wusste. Sie schwiegen lange auf dem Weg in den Volkspark, vielleicht um die Diskussion des Vormittags sacken zu lassen. Es war kein unangenehmes Schweigen, es schien beiden nicht peinlich, einmal ohne Worte zu sein, vor allem da vorher schon so viel gesagt worden war. Zudem war der Straßenverkehr laut und begleitete sie bis zum Park.

Der vermeintliche Geschichtslehrer dirigierte die Gruppe auf den Weg zum großen Bunkerberg hinauf, einen kleinen Hügel am Rand des Parks. Ein Rundweg schlängelte sich auf die Anhöhe, dicht bewachsen mit Gestrüpp und Bäumen. Schon wieder trampelten sie auf den Trümmern von Geschichte, meinte der mutmaßliche Geschichtslehrer lakonisch, und zwar im wahrsten Sinne des Wortes. Er klärte Philipp auf: Die

Berliner hätten hier ihren Müll entsorgt, die Trümmer ihrer zerbombten Stadt angehäuft, um die Straßen freizumachen und weil sie nicht gewusst hätten, wohin sonst damit. Auf knapp achtzig Meter Höhe sei der Buckel angewachsen. Keiner hätte das verhindert in der Nachkriegszeit und jeder hätte seinen Teil hier abgeladen, auch wenn Blut an den Steinen klebte, das noch nicht getrocknet war. Im Hügel selbst seien zwei alte Flaktürme begraben, die Berlin noch hätten verteidigen sollen. Schließlich hätte man das Ganze mit Erde bedeckt und die Natur hätte sich den kleinen Berg zurückerobert, der Monte Klamott der Berliner.

Anekdoten, dachte Philipp, amüsante Geschichtchen, wenn ihr Ursprung nicht so traurig gewesen wäre. Er überlegte, wie oft er schon Wege gegangen war, frei und ohne Böses im Sinn, die vorher andere in Verzweiflung hatten gehen müssen, auf dem Weg ins Lager, in Gefangenschaft oder sogar in den Tod. Andere waren fröhlich marschiert, überzeugt von ihrer Zukunft und ihrer Überlegenheit. Musste man die Vergangenheit zuschütten, egal ob gut oder schlecht, um weitermachen zu können? Philipp fragte das seinen Gesprächspartner, gespannt auf seine Sicht der Dinge. Nein, meinte der Lehrer. Wenn man nicht wisse, was in der Vergangenheit lag, würde man Fundamente errichten und Häuser bauen auf einem Gelände, das nicht tragfähig sei. Die Gegenwart sei damit zum Einsturz verdammt.

Das Bild, das der Lehrer beschrieb, leuchtete ihm ein. Und doch erwischte sich Philipp bei dem Gedanken, dass jede neue Generation die Chance haben müsste, ganz neu anzufangen, unbelastet von den Taten der Väter und Großväter. Wie sonst sollte man zukunftsfähig sein, wenn man immer wieder und überwiegend in die Fratze des menschlichen Versagens und ihrer Grausamkeit blicken müsste?

Das sagte Philipp nicht laut, dieser Gedanke war so destruktiv, doch er verstand, warum so mancher sich nach einer solchen Sicht der Dinge sehnte. Der vermeintliche Geschichtslehrer lächelte, als hätte er Philipp auch so verstanden, wechselte aber aus Rücksicht auf ihn das Thema. Ohnehin mussten sie allmählich zurückkehren zur Schule, sie waren bislang nicht durch mit ihrer Arbeit. Immerhin hatte Philipp vom Geschäftsführer die Bewilligung erhalten, noch

einen zusätzlichen Tag an die Schulung dranzu-
hängen. Das schaffte Luft und war auch dem
Team recht, das somit einen weiteren Tag vom
Unterricht freigestellt wäre.

Die Arbeit am Nachmittag verlief konzen-
triert, alle hatten kapiert, dass eine Grundsatzdiskussionen nicht weiterführte, wenn praktische
Probleme des Alltags bewältigt werden mussten.
Sie kamen gut voran. Weil es der letzte Tag ihrer
Zusammenarbeit gewesen wäre, hatten die Teilnehmer offenbar schon vorher verabredet, sich
zu einem gemeinsamen Abschiedsessen zu treffen. Philipp wurde jetzt offiziell dazu eingeladen
und er sagte zu, auch wenn professionelle Distanz
zu seiner Kundschaft sonst eher seine Art war.
Doch die Lehrer und Lehrerinnen dieses Teams
waren ihm sympathisch genug, um den Abschluss
der Schulung mit ihnen zu feiern – wenn auch der
richtige Abschluss erst am morgigen Tag wäre.

Stunde Null

Otto hat nichts zu erzählen, sein Kopf ist leer.
Er hat nachgedacht auf dem Weg von Italien nach
Hause, nach Worms. Er hat nachgedacht über Engelsburg und Thorn, über Dresden und den Krieg,
und jetzt hat er zu Ende gedacht. Es gibt nichts
mehr zu denken und nichts mehr zu erzählen. Ist
es das, was sie alle meinen, in den Zeitungen und
im Rundfunk, soll das etwa die Stunde Null sein,
die Stunde, in der man nichts mehr weiß, die
Stunde, in der man nichts mehr wissen will, die
schwarze Tafel einfach abgewischt?

Otto ist jetzt erwachsen, obwohl er gerade
vierundzwanzig ist. Er ist alt geworden, doch er
weiß nicht, wann das passiert ist. In Thorn, in
Stettin, in Dresden, in Italien? Wann ist seine Jugend gewesen? Otto kann sich nicht daran erinnern, dass sie jemals stattgefunden hätte. Tanz in
den Mai, Spaziergänge am Sonntag ins Ausflugslokal mit den Freunden, den Mädchen hinterher-
schauen, Schabernack treiben mit den Alten, sich
mit dem kleinen Bruder messen, hat das alles
stattgefunden? Hat er es nur vergessen?

Einerlei, er hat jetzt Verantwortung, er ist

nicht mehr allein auf der Welt, seine Familie braucht ihn und er tut, was er versprochen hat. Damals bei der Hochzeit mit Margret hat er geschworen, dass er seine Frau und seine Kinder beschützt und für sie sorgt. Jede Arbeit, die sich ihm anbietet, nimmt er an: in der Zuckerrübenfabrik, in der Ziegelei, und nachts schleicht er sich mit dem Schwager auf die Felder, um zu stoppeln. Sie graben das, was der Bauer liegen gelassen hat, aus der kalten, harten Erde.

Das Haus der Schwiegermutter ist klein und eng. Sie können froh sein, überhaupt ein Dach über dem Kopf zu haben, bei all den Bomben, die auch auf Worms gefallen sind und Ruinen hinterlassen haben. Und jeder, der kommt, der aus seiner Heimat hat fliehen müssen, wird aufgenommen. Der Schwager ist da mit seiner jungen Frau, Margrets kleiner Bruder. Eine seiner Tanten hat Otto nach einer langen Flucht gefunden, ihr neugeborenes Kind ist unterwegs erfroren. Ein anderer Onkel, der noch im Volkssturm hat kämpfen müssen, bleibt nur ein paar Nächte, weil er seine Familie vermisst und sich weiter auf die Suche machen will. Nur Ottos kleiner Bruder klopft nicht an die Tür, niemand weiß, wo er ist und ob er überhaupt noch lebt. Die, die da sind, schlafen zusammen im engen Wohnzimmer; an privates Glück ist überhaupt nicht zu denken.

Seine frühere Arbeit bei der Reichspost in Thorn verschafft Otto Vorteile. Seine Bewerbung bei der Reichsbahn, die wieder in Betrieb gehen soll, wird angenommen. Das ist schwere Arbeit im Gleisbau, doch Otto ist stark. Er hat keinerlei körperliche Einschränkungen, er ist nicht verletzt – zumindest äußerlich nicht. Was in seinem Innern vor sich geht, braucht keiner zu wissen, es bleibt verschlossen – noch nicht einmal er selbst will es wissen.

Die Arbeit bei der Bahn ist ein Privileg, ein Glückstreffer, er kann seinen Schwager auch dort unterbringen und er soll eine Wohnung bekommen. Er und Margret und die Kinder, sie können raus aus dem engen Wohnzimmer der Schwiegermutter, einziehen in eine eigene kleine Wohnung mitten in Worms. Es soll ein Neuanfang sein, noch eine Stunde Null, als hätte es keinen Hitler gegeben und keinen Krieg und keine Toten und keine Schuld. Otto nimmt, was ihm angeboten wird.

Eines wird dann ganz anders, als er gedacht hatte. Es ist etwas, worüber er ebenso wenig reden will wie über die Vergangenheit, etwas, worüber er nicht reden kann, mit niemanden. Die Familie wächst und wird größer und größer. Fast jedes Jahr ist Margret schwanger. Jedes Jahr setzt sie ein weiteres Kind in die Welt, für das gesorgt werden soll, für das er sorgen muss, so wie er es versprochen hat. Wieso so viele? Wie machen das andere, die zwei oder drei oder vielleicht einmal vier Kinder aufziehen? Was ist anders bei ihm und seiner Frau? Er verhält sich nach seiner Natur, so wie er es nicht besser weiß. Wer soll ihm das absprechen wollen? Die Schwiegermutter kommt ins Haus, redet ihm und Margret ins Gewissen, dass sie sich beschränken sollen. Wie soll das gehen? Niemand hilft, alle klagen und keiner hat einen Rat, wie man das hinkriegen soll. Ottos Mutter hat ihm nichts erklärt und der Vater erst recht nicht, weil er noch zu klein war damals. Sie sind zwei Kinder gewesen, in Margrets Familie sind es drei und in seiner Familie kommt jetzt jedes Jahr ein Kind dazu. Wie viele sollen es noch werden? Otto redet nicht mit Margret, er weiß überhaupt nicht, was sie hätten reden sollen. Sie redet nicht mit ihm, weil sie genauso wenig weiß, was sie hätten ändern können. Es passiert einfach, immer nachts, im Dunkeln, ohne Worte, so wie man schläft und aufwacht, so wie man atmet und sich nicht fragt, warum, so wie man isst und trinkt, weil der Körper es so will. Was gibt es da zu reden?

Keiner kann Otto vorwerfen, dass er sich nicht kümmert. Seine Kinder haben ausreichend zu essen, sie haben ordentliche Kleider, mit denen man sie in die Schule schicken kann, sie verwahrlosen nicht. Otto arbeitet hart dafür, dass das so ist. Nur kann er nichts daran ändern, dass es viele sind. Ein Kind auf den Arm nehmen, es in den Schlaf schaukeln, es trösten, weil es sich verletzt hat, sich die Sorgen anhören, wenn es schwierig ist in der Schule oder später in der Lehre – für all das bleibt keine Zeit. Wie auch, wenn er tags und nachts auf der Arbeit ist? Da ist keine Zeit und keine Kraft mehr. Andererseits ist es ihm nicht besser ergangen. Seine Mutter war nicht da gewesen, als er sie gebraucht hätte, und auch sein Vater nicht, und trotzdem ist er ein erwachsener Mann geworden, der sein Leben im Griff hat. So denkt Otto.

Und jetzt ist die Wohnung im Eisenbahnerblock zu klein, es sind schon zehn Kinder, und

Otto kümmert sich. Es gibt Entschädigungen für verlorene Wirtschaftsgüter in ehemals deutschen Gebieten in der verlorenen Heimat. Der neue Staat sorgt für die Vertriebenen, die einfach nur mit ihrem nackten Leben davongekommen sind. Das rechnet Otto der neuen Regierung hoch an, dass sie ihn nicht im Regen stehen lässt. Das hilft jetzt, denn er bekommt einen finanziellen Ausgleich für den Hof seiner Eltern, den er niemals mehr in seinem Leben sehen soll. Mit dem Geld hat er die Anzahlung für ein größeres Haus, keine Villa, doch sie würden Platz haben. Ein großes Stück Garten gehört dazu und auch genug Platz für Ställe und Gerätschaft. Sie könnten Gemüse anbauen, Kartoffeln setzen, Obst ernten, Hühner und Hasen und Gänse halten – das wird helfen beim Überleben. Und es wäre ihr Eigentum, keiner könnte sie vertreiben oder Ärger machen, sie hätten ihre Ruhe.

So geht das Ganze über die Bühne und Otto ist zufrieden. Die Kinder haben ihren Platz, er hat seine Arbeit bei der Bahn, sein Haus und seinen Garten, was will er mehr. Diese Familie, dieser Besitz, dieses Leben – er hat all das nicht geplant, es ist ihm einfach passiert und er hat sich hineingefunden in das, was ist. Das reicht ihm.

Und am Ende hat er sechzehn Kinder gezeugt und alle sind gesund und jedes von ihnen geht seinen Weg. Nicht immer den Weg, den Otto sich ausgedacht hat, doch er muss es hinnehmen und manchmal ist er auch stolz auf einen Sohn oder auf eine Tochter. Das alles ist für ihn bestimmt, es ist sein Schicksal, er weiß nicht, wie er es sonst hätte nennen sollen. Otto hat annehmen müssen, was das Leben für ihn bereitgehalten hat. Er klagt nicht, beschwert sich nicht, dass es vielleicht vom einen zu viel und vom anderen zu wenig gewesen ist. Solche Anmaßungen an das Leben hätte er sich nie und nimmer erlaubt.

Brücken

Philipp liebte seinen VW-Käfer. Nicht nur das Auto an sich, dessen Lack, wenn man ihn kräftig polierte, trotz seines Alters immer noch glänzte, und dessen verchromte Stoßstange in der Sonne blitzte. Das Auto verschaffte ihm über den Status in der Clique hinaus eine Unabhängigkeit und Freiheit, die er gar nicht hoch genug würdigen konnte. Am Wochenende zum Musikfestival oder zur Demo in Frankfurt oder schlicht und ergreifend ins ferne Ausland, in den Urlaub – all das war plötzlich möglich. Bis zum Atlantik fuhr er, bis der Ozean ihm den Weg versperrte, zusammen mit seiner ersten Freundin. Bis an die Mauer in Westberlin fuhr er, durch Grenzkontrollen, bei denen das kleine Auto sich von VoPos betatschen lassen musste.

Diesen kleinen Wagen hätte Philipp sich nie leisten können. Er war ein Geschenk seines Vaters. Eigentlich standen sie auf Kriegsfuß miteinander, Philipp hatte längst seine eigene Wohnung, hatte das Elternhaus verlassen, machte, was er wollte. Und dann schleppte ihn der Vater zum Autohändler an der nächsten Tankstelle, so wie früher, als sie beide zusammen Schuhe für ihn gekauft hatten oder einen Kommunionsanzug. Der Vater zeigte ihm den Wagen von innen, von außen, von hinten und vorne, machte den Kofferraum auf und die Motorhaube, tat so, als wäre er der Experte. Offensichtlich hatte er sich schon Tage zuvor mit dem Käfer beschäftigt und ihn beim Händler reserviert.

Jetzt wurde gehandelt, der Preis war noch nicht entschieden. Zweieinhalbtausend Deutsche Mark wollte der Verkäufer. Am Ende legte der Vater zweitausendzweihundert bar auf den Tisch. Philipp verstand gar nichts. Der Händler erklärte ihm, was zu tun war mit der Zulassung und nach Erledigung der Geschäfte konnte er das Auto am nächsten Tag vollgetankt abholen und losfahren.

Philipp hatte nicht verstanden, was da vor sich ging. Der Vater hatte aus dem Nichts eine Brücke gebaut. Es war keine aus Stahlbeton oder Stein, eher eine Pontonbrücke über einen breiten Fluss, die man nur schwankend und langsam überschreiten konnte, wenn man sie denn überhaupt überschreiten wollte. Das wäre eine Möglichkeit gewesen, sich wieder anzunähern nach all dem Streit. Doch Philipp hatte diese Chance nicht ergriffen. Er hatte sie mit seinen einundzwanzig Jahren schlichtweg nicht registriert. Philipp wollte in seinem stummen und sturen Protest gegenüber der vermeintlich ganz anderen Welt seines Vaters auf keinen Fall Zugeständnisse machen. Die Festungen blieben uneinnehmbar.

Später erfuhr Philipp von seiner Mutter, dass jedes seiner Geschwister eine solche „Erstausstattung für das Leben" vom Vater erhalten hatte, immer zum einundzwanzigsten Geburtstag. Das war einer seiner Grundsätze, an die er sich hielt – auch wenn die Stimmung zwischen Vater und Sohn getrübt war. Diese Information relativierte Philipps Einschätzung der Geste seines Vaters als Brückenschlag. Ganz verwerfen konnte er den Gedanken dennoch nicht, dass der Vater auf ihn zugegangen war.

Jahre später machte Philipp ein solches Angebot von sich aus an den Vater. Er war mit seiner Freundin im Urlaub im Norden, natürlich mit seinem VW-Käfer. Philipp hatte erfahren, dass der Vater sich in einer Reha-Klinik von den Folgen seines Arbeitsunfalls erholen sollte. Philipp beschloss, ihn zu besuchen. Er wusste, dass es anders sein würde, als wenn er ihn zu Hause im

Kreis der Familie in seiner ihm vertrauten Umgebung aufsuchen würde. Da war zum einen der Unfall; der Vater hatte seine rechte Hand verloren, für immer amputiert, eine Prothese kaschierte die Behinderung. Und der Vater war allein, er konnte nicht so tun, als wäre er nur Zuhörer, er müsste mit Philipp reden, ihm auf seine Fragen antworten. Philipp konnte sich nicht ausmalen, wie dieser Besuch ablaufen würde.

Es war eine angenehme Klinik in der wunderschönen Umgebung der schleswigholsteinischen Schweiz. Der Vater hatte ein Zimmer für sich mit einer kleinen Terrasse vor dem Fenster und Zugang zum Garten. Dort saßen sie dann. Philipp hatte Kuchen mitgebracht, in der Küche konnten sie drei Kännchen Kaffee organisieren. Philipp und sein Vater redeten, doch eigentlich redeten sie nicht. Der Vater war tief in sich versunken, er hatte sich fast vollständig zurückgezogen. Philipp fragte, wie es ihm gehe, wie er zurechtkäme mit nur noch einer Hand, wie das Ganze passiert sei. Da waren keine Antworten, nur belanglose Worthülsen. Alles sei gut, er könne schon wieder fast alle Dinge des Alltags selbstständig verrichten, niemand brauche sich Sorgen um ihn zu machen – es war Wortgeplänkel im schlechtesten Sinn. Philipps Freundin durchbrach die peinliche Stille mit Äußerungen zur Politik oder zum Wetter. Irgendwie war der Vater weit weg, in einer anderen Welt oder tief in sich verkrochen. Philipp hatte es nicht vermocht, ihn da herauszulocken, ihm ein Angebot zum Gespräch zu machen, ihm vielleicht zu helfen. Es war keine Brücke da zwischen ihnen; noch nicht einmal eine Pontonbrücke.

Philipp und seine Freundin verabschiedeten sich, genossen weiter ihren Urlaub, dachten nicht weiter über die seltsame Begegnung nach. Als Philipp seinen Vater wieder zu Hause traf, sprachen sie nie mehr über das verunglückte Treffen in der schleswigholsteinischen Schweiz, als hätte es dieses Treffen nie gegeben. Es gab keinen weiteren Brückenbau.

Denkmal

Fast ist er da, wovon er einmal geträumt, worüber er mit seinem kleinen Bruder in Graudenz fantasiert hat: Eine Familie, Frau und Kinder, ein Stück Land und Tiere, für die er sorgen kann. Damals in Engelsburg wollte Otto den kleinen Bruder überreden, dass sie beide zurückkehrten auf den elterlichen Hof, alles wieder aufbauten und in Stand setzten, das Land gemeinsam bewirtschafteten. Es waren Träume damals und ohnehin, sein Bruder wollte nicht. Der Hof, das Elternhaus riefen bei ihm traurige Erinnerungen hervor, an die Mutter und den Vater, diese Erinnerungen plagten ihn. Er wollte sie nicht mehr.

Jetzt hat Otto seinen Hof, seine Familie. Sehr schnell hat er sich Hühner zugelegt und Gänse und Hasen. Er kann Kartoffeln ernten und das Obst von den Bäumen holen. Nur sein Bruder ist nicht da, er taucht nicht auf. Otto hat Onkel und Tante, die immerhin aus der alten Heimat haben fliehen können, nach ihm gefragt. Doch sie wussten nichts vom Bruder. Bevor die russische Armee heranrückte, gab es den Volkssturm. In jedem Dorf wurden die Halbwüchsigen und die alten Männer zusammen-getrommelt, um das Land vor dem Feind zu verteidigen. Der Onkel, selbst schon gebrechlich, musste einrücken und den irrsinnigen Befehlen irgendeines Wehrmachtsoffiziers folgen. Es sei anzunehmen, so der Onkel, dass auch der kleine Bruder mit seinen neunzehn Jahren einberufen worden war, in Graudenz, um die Stadt zu verteidigen oder Ventzkis Fabrik. Alles hätte ihm passiert sein können.

Otto hat eine Suchanfrage gestellt beim Roten Kreuz, seinen Bruder als vermisst gemeldet. Sie haben gesucht und geforscht und die Jahre waren darüber vergangen. Und dann ist der Brief eingetroffen, den Otto nicht haben will. Der Brief gibt ihm bescheid, dass der Bruder nicht auffindbar sei und er, Otto, davon ausgehen müsse, dass er tot sei.

Otto macht sich Vorwürfe. Warum hat er nicht aufpassen können? Was ist schief gegangen? Warum hat er überlebt und der kleine Bruder nicht? Er hat sein ganzes Leben doch noch vor sich gehabt...

Ein richtiges Denkmal will er seinem Bruder setzen, die Erinnerung an ihn, an seinen Bruder, soll immer anwesend sein. Alles andere will er vergessen, nur seinen Bruder nicht. In diesen Tagen der Trauer und der Gewissheit des Verlustes bringt Ottos Frau einen weiteren Sohn zur Welt. Otto entscheidet, dass er nach dem Bruder genannt werden soll. Otto weiß, dass diesen Namen kein Mensch mehr auf der Welt aussprechen will, der Name steht für einen der schrecklichsten Diktatoren der Menschheitsgeschichte. Doch sein kleiner Bruder hat so geheißen, welche Gründe ihr Vater auch immer gehabt haben mochte, ihn so zu nennen, damals, 1925. Und jetzt soll Ottos Sohn so heißen: Adolf. So wird er getauft, wie der kleine Bruder.

Ist Otto naiv? Ist ihm nicht klar, was er seinem Sohn damit antut? Sie würden ihn hänseln mit diesem Namen. Sie würden ihn aufziehen. Sie würden spekulieren, ob der Vater ein alter Nazi sei, ein Ewig-Gestriger, der seinem Sohn zu Ehren des Führers dessen Vornamen gibt.

Otto denkt nicht so weit, er denkt nicht an die Zukunft. Er denkt an seinen kleinen Bruder, den er verloren hat, er denkt an seine gemeinsame Kindheit mit ihm und wie sie zusammen den Tod der Eltern durchgestanden haben. Nur das ist ihm wichtig. Es ist offenbar ein ganz tiefes Gefühl der Verbundenheit mit seinem Bruder, das mit seiner Wucht alle Bedenken und jedes Hinterfragen der Menschen in seiner Umgebung ein für alle Mal zum Schweigen bringt. Otto hat es so entschieden und dabei bleibt es.

Frauen

Sie war blond, lockiges Haar und hübsch anzusehen, und sie war Philipps erste feste Freundin. Er wollte sie zu Hause vorzeigen. Warum eigentlich? Die Suche nach Bestätigung des eigenen Wegs? Ein Waffenstillstand zwischen ihm und seinem Vater hatte sich etabliert. Er, Philipp, trug weiter seine langen Haare, um seinen Protest gegen den Vater deutlich zu machen. Der zeigte deutlich seinen Missmut über das Erscheinungsbild seines Sohnes und redete kein Wort mit ihm. Aber er durfte nach Hause kommen, ohne dass es gleich zum Streit kam. Samstags war die Zeit für Kaffee und Kuchen und den Austausch am Küchentisch. Es wurde über die neuesten Familiennachrichten geplaudert.

Alle älteren Geschwister hatten ihre Freundinnen oder Freunde nach Hause gebracht, jeder wollte das Einverständnis der Eltern, die Zustimmung zur Wahl des potenziellen Ehepartners. Die Besuche wurden rechtzeitig angekündigt, damit genug Kuchen im Haus war. Und natürlich schauten nicht nur die Eltern auf den Schwiegersohn oder die Schwiegertochter in spe. Die Brüder äußerten doppeldeutige Kommentare, die Schwestern versuchten sofort, die neuen Partner in die Familie zu integrieren. Das klappte nicht immer. Mancher Freund, manche Freundin, wurde ausgetauscht, bevor die Beziehung dauerhaft werden konnte.

Dennoch hatte Philipp schon einige Hochzeiten seiner Geschwister erleben dürfen, später dann auch die eine oder andere Scheidung. Jetzt war er dran, seine Freundin vorzuführen und dem familiären Prüfungskomitee auszusetzen. Als Handikap kam erschwerend hinzu: Die Freundin kam aus einem ganz anderen Milieu. Sie war Arzttochter, sprach perfekt hochdeutsch und hatte nicht glauben können, wie groß Philipps Familie war. Gab es da vielleicht irgendwelche Standesdünkel, bei ihr oder bei Philipps Familie? Der vermeintliche Konflikt kam nie an die Oberfläche. Philipps Geschwister fanden es spannend, dass sich aus den gehobenen Kreisen jemand in das Elternhaus gewagt hatte. Philipps Mutter beglückwünschte ihren Sohn zu dieser in ihren Augen besonderen Beziehung.

Der Vater nahm diesen Konflikt gar nicht zur Kenntnis. Er verhielt sich so, wie er sich immer verhielt, wenn Fremde in seinem Hof und seinem Haus auftauchten: kühl, abwartend, teilnahmslos. Es passierte einfach nichts. Selbst an die einfachsten Formalitäten hielt er sich nicht, etwa, dass man sich die Hand gab zur Begrüßung oder sich nach dem Wohlbefinden des Gegenüber erkundigte. Fast hätte man sein Verhalten als Arroganz auffassen können.

Philipp vermutete eher, dass es sich um Unbeholfenheit handelte, vielleicht sogar Unfähigkeit. Sein Vater hatte nie gelernt, wie er mit Frauen umgehen sollte. Mit den Schwiegersöhnen in spe – und sie waren einfach weniger, weil es nur vier Töchter gab – da konnte er irgendwann, nachdem man sich ein wenig kennen gelernt hatte, seine Skatabende veranstalten und mit den jungen Männern Bier trinken. Oder es wurden gemeinsam Bäume gefällt und Holz gesägt. Zu den jungen Frauen, die ins Haus kamen, als die Söhne erwachsen wurden, hatte er keine Beziehung – zumindest soweit das Philipp wahrnehmen konnte. Es gab keine herzliche Begrüßung, geschweige denn ein Kompliment über die Kleidung oder die neue Frisur. In solchen Dingen hielt sich der Vater bedeckt. Selbst zu seiner eigenen Frau hatte er eine pragmatische Beziehung, soweit Philipp das beurteilen konnte. Oder hatte er diesbezüglich etwas übersehen? War dieser Abstand den langen und entbehrungsreichen Ehejahren geschuldet, die die beiden schon hinter sich gebracht hatten?

Philipp hatte es nie beobachten können: ein zwinkerndes Einverständnis, ein zärtliches Lächeln, ein In-den-Arm-Nehmen, vielleicht ein kleiner Kuss auf die Wange, das alles gab es nicht. Er wusste nicht, ob es das je gegeben hatte. Vielleicht war diese Ehe schneller ausgebrannt, als man glauben konnte. Andererseits, wie konnte man sechzehn Kinder miteinander in die Welt setzen, wenn man sich nicht liebte, wenn man sich nicht wenigstens attraktiv fand?

Gab es je eine andere Frau für seinen Vater? In Kriegszeiten war er in ganz Deutschland unterwegs und er hätte welche kennenlernen können. Philipps Vater war einundzwanzig, als er seine Frau geheiratet hatte. Niemand wusste, wie er seine Jugend verbracht hatte, als er in Thorn gearbeitet und dort in einer gar nicht mal so kleinen Stadt gelebt hatte. Er war jung, als er zur Reichswehr eingezogen wurde, kaum dass er achtzehn war. Vielleicht war Jugend und Verliebtsein gar nicht möglich gewesen in dieser Zeit. Philipp ahnte, dass der frühe Verlust einer Frau seinen Vater sehr geschmerzt haben musste: der Tod seiner Mutter, Philipps Großmutter, als er gerade mal zwölf Jahre alt war.

Philipp vermutete, dass der kleine Junge, der sein Vater einmal war und der tief in ihm steckte, seine Mutter sehr vermisste und vielleicht noch immer um sie trauerte.

Zwiespalt

Otto hat nie mehr gebetet, seit er aus dem Krieg nach Hause gekommen ist. Er erinnert sich kaum noch an die Gebete, die er seiner Mutter aufsagen musste. Er hat sie vergessen. Irgendwann muss er Gott verloren haben, vielleicht im Krieg. Da hatte Gott kein Erbarmen gezeigt mit den Menschen und mit ihm, als die Bomben auf die Städte regneten und Hunderte und Tausende vor seinen Augen gestorben und verbrannt sind.

Seine Kinder sind alle katholisch getauft. Das hat er bei der Heirat mit Margret zugestehen müssen. Sie ist katholisch, er evangelisch. Die Kinder mussten katholisch sein, sonst wäre eine Hochzeit nicht möglich gewesen. Die katholische Kirche hätte das nicht erlaubt.

Die Kinder gehen jeden Sonntag in die Kirche. Sie haben ihr großes Fest, wenn sie zur Kommunion gehen. Er lässt sich nicht lumpen. Er sorgt dafür, dass sie anständig gekleidet sind, mit Anzug und Krawatte und glänzenden Schuhen, dass seine Töchter vornehme Kleider tragen. Das sind die wenigen Momente, in denen er mitmacht. Er begleitet Margret und die Kinder zum Kommunionsgottesdienst. Besonders heimisch fühlt er sich nicht im Gotteshaus.

Er spricht auch keine Gebete mit den Kindern am Abend, so wie er es noch gelernt hat. Er erzählt keine biblischen Geschichten oder erklärt dem fragenden Sohn oder der Tochter, wo Gott wohnt und warum er gut ist. Er überlässt das lieber Margret, das ist ihre Aufgabe.

Otto mag auch die Politiker nicht, die so viel von christlichen Werten reden. Letzten Endes ist es doch so, dass die Verhältnisse bleiben, wie sie sind: Da gibt es ein paar wenige, die reich werden, und die, die jeden Tag hart arbeiten und für ihren Lebensunterhalt kämpfen müssen. Zu denen gehört er.

Er muss zugeben: Der alte Adenauer von der CDU und der Dicke mit der Zigarre, sie haben ihm geholfen. Mit der Entschädigung seines elterlichen Erbes im Osten hat er sich hier in der neuen Heimat etwas aufbauen können. Das hat ihm Sicherheit gegeben. Doch ansonsten hat er mit der Adenauer-Politik nicht viel anfangen können.

Nun sind es unruhige Zeiten, die er erleben muss. Es gefällt ihm, dass auf dem Titelblatt der Stadtzeitung immer öfter die Gesichter von

Sozialdemokraten zu sehen sind. Er mag es, wenn ein Willy Brandt die Verhältnisse für die Arbeiter verbessern will. Er mag es, wenn ein Herbert Wehner laut wird und mit den amtierenden Politikern schimpft, ohne seine Pfeife aus dem Mundwinkel zu nehmen. Das ist die Sprache, die Otto versteht. Das sind Politiker, denen er glaubt, weil sie ehrlich sind.

Doch diese Sozialdemokraten sind auch schuld an diesen unruhigen Zeiten. Otto weiß nicht, was er davon halten soll. Wenn seine alte Heimat endgültig verloren geht, weil die neue Regierung unter Brandt die Oder-Neiße-Linie als Grenze festlegt, dann irritiert ihn das.

Es berührt ihn peinlich, wenn die CDU im Bundestag von Verrat spricht, Willy Brandt sogar als ein Vaterlandsverräter bezeichnet wird. Hätte er seinen elterlichen Hof gerne zurück gehabt?

Was Otto aber am meisten Sorgen macht, ist, dass diese Unruhe sich in sein Familienleben schleicht. So hat er es bisher gekannt: Dem Vater und der Mutter sind Respekt zu bezeugen und zwar immer und in jeder Situation. Doch jetzt: Seine Söhne, seine Töchter, sie widersprechen zu Hause, sie sind aufmüpfig und sie gehen eigene

Wege, ohne ihn zu fragen.

Otto kann das nicht dulden. Das ist nicht sein Plan, der Plan, dem ihm seine Eltern beigebracht haben und von dem er weiß, dass der schon immer gegolten hat. Wie soll das gehen, wenn jeder macht, was er will? Ist das die Schuld von Willy Brandt, weil er die Jugend so hofiert?

Seine Söhne laufen in abgewetzten Mänteln herum, sie lassen sich nicht mehr die Haare schneiden, sie sehen aus wie Dahergelaufene. Was sollen seine Kollegen von ihm halten und seine Nachbarn, wenn seine Kinder sich so präsentieren, sogar Bilder in der Lokalzeitung von seinem langhaarigen Sohn gezeigt werden?

Otto weiß nicht, was er falsch gemacht hat. War er zu wenig zu Hause? Hat er sich zu wenig gekümmert? Oder war Margret zu nachgiebig mit dem Nachwuchs? Die Situation wächst Otto über den Kopf.

Die älteren seiner Kinder haben ihn überfallen. Abends, beim Fernsehprogramm, als in der Tagesschau vom Auschwitz-Prozess in Frankfurt berichtet wird. Sie haben ihn gefragt, was ihm passiert sei in dieser Zeit, wo er gewesen sei.

Otto will darauf nicht antworten. Das geht

niemanden etwas an, nicht einmal seine Familie. Das ist alles lange her. Er will davon nichts mehr wissen. Und überhaupt, er hat nichts Schlimmes getan. Ja, er war Soldat, doch er hat sich anständig verhalten. Das Gerede über die Vergangenheit hilft doch keinem. Die Kinder sollen den Anstand wahren, das reicht für ihr Leben aus, mehr müssen sie nicht wissen.

Einmal wird er noch mehr in die Enge getrieben. Einer seiner Söhne hat ihm zwei junge Studenten ins Haus geschickt. Sicher, sein Sohn hat ihn vorher um Erlaubnis gebeten, doch er hätte nie sein Einverständnis gegeben, wenn er gewusst hätte, was die von ihm wollten.

Das junge Pärchen, die beiden Studenten, sie wollen alles wissen von ihm und Margret. Die zwei sind von einer Universität und arbeiten für die Wissenschaft, für eine Studie, sagen sie. Die beiden haben nach ihren Eltern gefragt, wie sie erzogen worden sind und ob es ihnen gut gegangen sei in ihrer Kindheit. Soll er etwa schlecht über seine Eltern reden? Nicht mit ihm!

Die beiden jungen Leute haben weiter gebohrt. Wie sie heute ihre eigenen Kinder erziehen, ob sie mit ihrer Erziehung zufrieden sind.

Otto will sich nicht drücken, sowieso fallen ihm keine Ausflüchte ein, und er erzählt den beiden Studenten die Dinge so, wie sie nun mal sind.

Als der Student fragt, ob er seine Kinder schlägt, da wird Ottos Kopf das erste und einzige Mal rot. Eine solche Frage ist respektlos, das geht den jungen Mann nichts an, wie er seine Kinder erzieht!

Die beiden jungen Leute haben sich alles aufgeschrieben. Sie wollen wiederkommen und bitten um einen weiteren Termin. Otto ist kurz davor, den beiden abzusagen. Doch Margret ist schneller und hat den neuen Termin schon bestätigt. Er widerspricht nicht, doch er weiß, er wird sich kurz halten beim nächsten Mal und er wird sich genau überlegen, was er sagt.

Vielleicht ist das doch zu viel gewesen, was Willy Brandt da in die Wege geleitet hat. Immerhin kommt nach ihm Helmut Schmidt. Der passt Otto schon eher. Der ist streng und konsequent und der lässt auch der Jugend nicht mehr alles durchgehen. Da können die noch soviel demonstrieren. Helmut Schmidt tut, was er für richtig hält.

Großvater

Philipp hatte nie einen Großvater erlebt. Er hatte auch keinen vermisst, weil er schlicht nicht erfahren hatte, zu was ein Großvater gut sein sollte. Ein Großvater war ein weiterer Verwandter, neben Onkeln, Tanten, Cousins und Cousinen. In seiner Familie konnte man ohnehin – was die Verwandtschaft betraf – leicht den Überblick verlieren.

Als er noch jünger war, hatte er einen Lieblingsonkel, eine Lieblingstante und sogar eine Lieblingscousine. Sie waren deshalb zu Lieblingsmenschen geworden, weil sie einerseits zur Familie gehörten und einem somit automatisch nahe standen, andererseits verschieden waren von dem, was man bisher in der Familie kannte. Sie waren menschliche Alternativmodelle zu dem, was ihm täglich vorgelebt wurde. Dazu kam, dass diese besonderen Verwandten einen erfrischend neu spiegelten. Plötzlich gab es Lob und Spaß und Witz und manchmal sogar einen prickelnden Funken Zuneigung.

Genauso zahlreich wie die eigenen Kinder kamen am Wochenende und zu den Festen die

Enkel ins Haus von Philipps Vater. Der Vater war jetzt auch ein Großvater. Er konnte sich das nicht aussuchen. Es wäre die zweite Chance gewesen, etwas wiedergutzumachen. Das, was bei den eigenen Kindern schief gelaufen war, hätte er bei den Enkeln neu ausprobieren und vielleicht besser machen können.

Philipp nahm nichts davon wahr. Sein Vater saß in der Küche auf seinem Stuhl oder im Garten auf seiner Bank. Doch da war kein Enkel auf seinem Schoß. Selbst die Babys nahm er nicht auf den Arm, um sie anzulächeln und liebevoll mit ihnen zu sprechen. Es war fast so, als scheue Philipps Vater solche Begegnungen, als hätte er Angst davor, diesen kleinen Kindern in die Augen zu schauen. Was hätte er gesehen? Vielleicht die Sehnsucht nach uneingeschränkter und unendlicher Mutter- oder Vaterliebe, die er selbst sich immer gewünscht hatte und die ihm verwehrt geblieben war. Seine Eltern hatten ihn auf eine andere Weise erzogen und vor allem, sie hatten ihn durch ihren Tod früh alleine gelassen.

Auch als die kleinen Kinder seiner Kinder älter wurden, laufen und sprechen gelernt hatten, fand Philipps Vater keinen Zugang zu ihnen. Da gab es kein Fußballspiel im Hof, kein Versteck-spiel. Sie sammelten nicht gemeinsam die Kartof-felkäfer ein oder gruben die Erdäpfel aus. Er saß auch nicht im Wohnzimmer auf der Couch, rechts und links einen Enkel neben sich, um ein span-nendes Buch vorzulesen. Er konnte es einfach nicht. Er hatte es nie gelernt.

Doch irgendwo, ganz tief in seinem Innern, gab es vielleicht doch diesen Wunsch, seinen En-kelkindern näher zu kommen, zumindest etwas Gutes für sie zu tun. Wenn das jährliche Back-fischfest stattfand und alle zu ihm ins Haus ka-men, um auf dieses Fest zu gehen, dann gab es die heimlichen Momente, in denen er die Enkel zu sich rief und ihnen zwei oder drei silberne Mün-zen in die Hand steckte. Das war Taschengeld für das Fest, für Karussell und Zuckerwatte und ge-brannte Mandeln. Die Enkel waren meist so über-rascht von dieser Geste, dass sie erschraken, wenn der Opa sie ansprach. Für sie war er das un-bekannte Wesen, das sonst immer unbeteiligt im Raum saß und von dem man nicht wusste, was es eigentlich dachte.

Philipps Vater hatte der Mut gefehlt, sich zu öffnen und sich den Menschen, die ihn umgaben, anzunähern.

Verluste

Die Jahre ziehen ins Land und Otto tut das, was er tun muss: Er arbeitet und er kümmert sich. Er feiert Feste, wenn es sein muss, seine runden Geburtstage und die Hochzeitsjubiläen mit Margret. Meist feiert er nur den anderen zuliebe. Die ganz helle Freude kann er nicht fühlen. Er hat sich eingerichtet, er steht fest und sicher mit beiden Füßen auf der Erde, so denkt Otto.

Und dann gibt es diesen Einschlag in sein Leben, wie ein Meteor, der aus den dunklen Tiefen des Weltalls in sein Leben stürzt und ihn mit voller Wucht trifft. Otto hat einen schweren Arbeitsunfall. Beim Rangieren eines Zuges ist er gestürzt und seine rechte Hand wird unter dem eisernen Rad des Waggons zerquetscht. Die Hand ist unrettbar verloren. Das, wovon er in langen Kriegsjahren verschont geblieben war, ist ihm jetzt zugestoßen, der Verlust eines Körperteils. Er lebt, doch es ist die rechte Hand; die Hand, die man zur Arbeit braucht, mit der man sich ernährt, das Gesicht rasiert, das Fahrrad lenkt. Von einer Sekunde zur nächsten ist sie weg. Wie kann er ohne sie weiterleben, was kann er noch tun und machen, ohne von anderen abhängig zu sein?

Es ist ein harter Schlag für Otto, auch wenn er sofort und ohne zu zögern, seine linke Hand dazu erzieht, das zu tun, was die rechte bisher für ihn getan hat. Das ist sein Überlebenswille, seine Zähigkeit, die niemanden in seinem Umfeld überrascht. Das kennen alle so von ihm, dass er nicht aufgibt und einfach weitermacht. Bei der Hochzeitsfeier seiner zweitältesten Tochter zeigt er sich schon wieder, als wäre nichts gewesen, nur ein Kratzer, nichts Schlimmes, damit wehrt er mitleidige Blicke und Bemerkungen der anderen ab.

Und doch ist es eine Erschütterung, auch wenn er es verbirgt, wie so vieles andere, das er bereits in seinem Inneren verschlossen hat. Natürlich fragt er sich, was ihm da eigentlich passiert ist. Ob er bestraft werden soll für irgendetwas, was er angerichtet hat, oder ob es ein Warnschuss ist, sein Leben zu überdenken und zu ändern. Aber so viel er sich auch fragt, er erhält keine Antwort, es bleibt ein Rätsel, er kann keine Erkenntnis daraus gewinnen. Und so fügt sich Otto wieder einmal in das, was geschehen ist, nimmt es hin und jammert nicht. Die linke Hand hilft ihm schnell in den Alltag zurück.

Die Bahn hat ihm angeboten, ihn weiter zu beschäftigen. Otto ist noch keine sechzig und ansonsten gesund. Sie hätten eine Arbeit für ihn gefunden, die er auch mit einer Hand hätte erledigen können: den Bahnhof fegen, Abfallkübel leeren oder nach dem Rechten sehen auf dem Gelände. Doch Otto winkt ab, das wäre unter seiner Würde gewesen, sich öffentlich als Müllmann zu präsentieren. Otto verzichtet, ist jetzt Rentner und bleibt zu Hause.

Doch einige Wochen später – oder waren es Monate? – da setzt ihn irgendetwas in Bewegung. Wie eine kleine Feder in ihm, die neu gespannt ist und deren Energie ihn nun antreibt. Otto begibt sich auf Reisen. Er fährt allein, macht Margret kein Angebot mitzureisen, irgendjemand muss ja schließlich Haus und Hof hüten. Er besucht seine Söhne in fremden Städten, er schifft sich sogar nach England ein und überquert das Meer, obwohl er die Sprache nicht versteht. Er reist nach Westberlin, um einen entfernten Verwandten zu treffen. Otto ist von Unruhe getrieben. Er sucht etwas, doch er weiß nicht, was er sucht. Er will in Bewegung sein, nicht dasitzen und grübeln müssen. Otto fährt und fährt, hierhin und dorthin. Eine Reise lässt er aber aus, vielleicht weil es noch zu kompliziert ist, wegen der Grenzen und des Ostblocks. Er fährt nie nach Thorn, auch nicht nach Engelsburg, als hätte er Angst vor dem, was ihn dort erwartet. Und auch wenn er die halbe Welt bereist, er findet keine Antworten und er findet auch nicht das, was ihm fehlt.

Genauso plötzlich, wie er es begonnen hat, stellt Otto das Reisen wieder ein. Plötzlich zieht es ihn nicht mehr in die Ferne. Er bleibt auf seinem Hof, schaut seinen Hühnern zu, knackt die harten Walnüsse, die ihm sein großer Baum gegeben hat, und will nichts mehr wissen von der Welt. Das Haus ist gut in Schuss, der Garten gerichtet und der Hof mit dem Rechen in Ordnung gebracht. Es gibt nichts mehr zu tun.

Otto hat im Laufe seines Lebens gelernt, dunkle Bilder zu verstecken und drängende Fragen, die aus seinem Innern ans Licht wollten, unbeantwortet zu lassen. Doch es ist immer schwieriger geworden, den Anschein zu wahren und die Decke des Schweigens über den vielen Geheimnissen zu belassen. Otto hat sich daran gewöhnt, diese innere Erregung zu betäuben, zu ertränken.

Er befördert sich jeden Abend in den nebligen Rausch, der das, was da hervor will, lähmt und einschläfert. Manchmal denkt Otto dabei an seinen Vater, wie der sich aus dem Staub gemacht und ihn und seinen kleinen Bruder allein zurückgelassen hat. Doch seine Kinder sind alle groß, erwachsen, sorgen bereits für sich selbst, er selbst würde keines seiner Kinder im Stich lassen.

Das Leben hat Otto verbraucht, am Ende wird es immer einsamer um ihn. Er ist nicht der Mann, der voller Stolz und Zufriedenheit auf das schaut, was er geschaffen hat. Er zweifelt. So viel ist ihm nicht gelungen, meint er, und für ihn umso schlimmer, so viel ist ihm selbst versagt geblieben. Er weiß noch nicht einmal ganz genau, was es ist und warum er es hat entbehren müssen. War es nur die grausame, mörderische Zeit, in die er zufällig hineingeboren wurde? Sein Vater in einem Weltkrieg, er in einem Weltkrieg, sein kleiner Bruder in einem Weltkrieg: Wozu und warum sie? Oder war es der frühe Verlust seiner Mutter, die er angebetet, und seines Vaters, zu dem er aufgeschaut hatte? Otto hat keine zufriedenstellende Erklärung.

Dann hat ihn die Kraft und auch seine

Zähigkeit verlassen. Otto stirbt. Er stirbt genauso einsam, wie er in das Leben getreten ist, genauso einsam, wie er die meiste Zeit seines Lebens geblieben ist. Er geht ohne Abschied, ohne Drama. Keiner sitzt bei ihm in der dunklen, einsamen Nacht, in der nur die medizinischen Geräte piepsen, die Sauerstoffmaske ihn am Atmen hindert. Keiner hilft ihm in seiner Angst. Allein und ohne Trost geht er.

Heimwege

Philipp hatte sich von der Arbeit am Nachmittag noch etwas ausgeruht, er wollte entspannt
in den Abend gehen. Morgen wäre dann wirklich
der letzte Arbeitstag in der Schule Berlin-Mitte.
Danach würde er abreisen und den Heimweg antreten. Doch jetzt am Abend sollte er noch einmal
der Geschäftsmann sein, der Programmexperte
und der Moderator, der im Kreis des Administra-
torenteams der Schule für angenehme Stimmung
sorgen sollte. Das war gut für die zukünftige Zusammenarbeit. Doch Philipp fühlte sich nicht nur
wegen des Geschäftsklimas verpflichtet, freundlich aufzutreten, denn er hatte sich die letzten
zwei Tage wohlgefühlt in diesem Team, sie hatten
konstruktiv miteinander gearbeitet. Ja, die
Grundsatzdiskussion hatte sie Zeit gekostet, das
stimmte. Andererseits hatte er so die Menschen,
die mit ihm arbeiteten, wesentlich besser kennen
gelernt, mehr von ihnen erfahren als bei einer
routinierten Begegnung. Deswegen freute sich
Philipp ein bisschen auf den heutigen Abend.

Sie waren im Katz Orange verabredet.
Philipp hatte sich ein klein wenig gewundert, dass

die Schule ihren Lehrkräften diese Preisklasse eines Restaurants zubilligte – man wollte sich wohl nicht lumpen lassen. Philipp sollte es recht sein, er war ja schließlich eingeladen.

Mit ihm waren sie zu fünft und fanden an einem runden Tisch am Fenster einen gemütlichen Platz. Das zukünftige Administratorenteam des Zeugnisprogramms bestand aus je zwei Lehrerinnen und Lehrern – die Schule hatte auf eine ausgeglichene Besetzung geachtet. Der vermeintliche Geschichtslehrer, der anscheinend im Team die Führung übernommen hatte, übernahm den offiziellen Teil des Abends. Er bedankte sich mit Standardfloskeln bei Philipp für die gute Zusammenarbeit und die Offenheit, die er der Gruppe entgegengebracht hätte. Zwinkernd spielte er auf die Grundsatzdiskussion an, die sie geführt hatten. Er hoffe auf eine weitere gute Zusammenarbeit und selbstverständlich sei Philipp hier im Katz Orange zum Essen eingeladen. Philipp bedankte sich pflichtschuldig.

Danach legte man die Förmlichkeiten ab, prostete sich mit den Aperitifs zu, studierte die Speisekarte und beriet sich gegenseitig bei der Essensauswahl. Der runde Tisch begünstigte

Gespräche zwischen allen Anwesenden, rechts und links und quer über den Tisch. Die Bestellungen wurden aufgegeben, man übte sich im Small Talk. Das Gendern war auch an dieser Berliner Schule ein großes Thema und tatsächlich hörte Philipp unterschiedliche Positionen in der Runde heraus. Dass die Geschlechter selbstverständlich in der Sprache repräsentiert sein müssten und zwar gleichwertig oder dass die deutsche Sprache gar nicht für multiple Befindlichkeiten geschaffen sei, weil sie fast durchgehend dem binären System von männlich und weiblich folge. Das alles hörte Philipp und staunte über die Ernsthaftigkeit der Diskussion. Eigentlich müsse man die Sprache ganz neu erfinden, meinte der Mann, den Philipp immer noch für den Geschichtslehrer hielt.

Das Essen wurde aufgetragen und der kleine Streit war beendet. Jeder widmete sich seinem Teller, es wurde leiser, nur kleine Kommentare über die Qualität des Spreewälder Lamms, des Wildkräutersalats oder des Candy on Bone waren noch zu vernehmen. Philipp genoss die Atmosphäre im freundlich und warm beleuchteten Lokal. Nachdem die Teller abgeräumt waren, unterhielt man sich mit dem jeweiligen Tischnachbarn.

Die Lehrerin, die links von ihm saß, wurde tatsächlich etwas persönlicher und fragte, wo Philipp eigentlich herkomme, sie könne seine Sprache nicht regional verorten. Sie redeten miteinander. Philipp, immer noch zurückhaltend, weil seine Gesprächspartnerin eine Kundin war, erzählte von seinem Geburtsort, von Mutter und Vater und wo sie jeweils geboren waren. Und Philipp kam in einen Redefluss. Er wisse so wenig von seinem Vater, er suche in Papieren, in Dokumenten, frage Bundesarchive an und studiere alte Fotografien nach Hinweisen auf das Leben seines Vaters.

Die Lehrerin hörte aufmerksam zu, fragte nach, weil wohl auch ihr Vater aus Ostpreußen stammte. Welche Archive er angefragt habe, ob er Antwort erhalten hätte und wie es ihm bei der ganzen Sache ginge. Dann erzählte sie selbst. Aus einem kleinen Nest in Mecklenburg-Vorpommern käme sie, hätte in der DDR ihre Jugend verbracht, Schule und Freie Deutsche Jugend, das ganze Paket. Sie sei nie so recht vorangekommen in ihrer Laufbahn, obwohl sie so eifrig gewesen wäre. Als Heranwachsende hätte sie sich gewundert: Jeder Jugendliche sei Mitglied in der FDJ gewesen, jeder

Erwachsene in der SED oder in einer der Blockparteien. Ihr Vater aber war nirgendwo Mitglied. Sie habe nachgefragt, gebohrt, den Vater belagert und keine Antwort erhalten. Doch dann hätte sie aus irgendwelchen Parteikreisen erfahren, dass die SED-Führung ihren Vater ausgeschlossen hätte. Er sei Professor gewesen, hätte eine steile Karriere vor sich gehabt, hätte schon das Amt des stellvertretenden Landwirtschaftsministers bekleidet. Seine Zukunft im SED-Staat wäre glänzend gewesen. Sie hätte gerätselt, weswegen die Karriere des Vaters plötzlich durch einen Parteiausschluss beendet wurde. Sie hätte heimliche Westkontakte vermutet oder antikommunistische oder demokratische Ansichten. Sie hätte das ertragen, sagte sie, aber das, was sich dann als der wahre Grund für den Ausschluss herausgestellt habe, das hätte sie nicht ertragen können. Die Mutter hätte es gestanden, nachdem sie sie massiv bedrängt hätte: In der NSDAP sei der Vater gewesen und nicht nur das, bei der Waffen-SS sei er freiwillig eingetreten, bei der Totenkopf-Division hätte er gedient.

Die Lehrerin stockte. Es fiel ihr sichtlich schwer, diesen Punkt aus dem Lebenslauf ihres

Vaters preiszugeben. Obwohl es schon lange her sein musste, schien sie darüber immer noch irritiert und erschüttert zu sein. Philipp fasste es als Kompliment auf, dass sie ihm gegenüber so offen erzählt hatte, und es schockierte ihn, was er hatte hören müssen.

Wie die Geschichte ausgegangen sei, fragte Philipp, habe sie noch Kontakt zu ihrem Vater? Nein, sie hätte den Kontakt zu ihrem Vater vollständig abgebrochen, nachdem sie diese Dinge erfahren hätte, und außerdem sei er längst tot. Kein Wort hätte sie mehr mit ihm gesprochen, bis zu seinem Tod.

Philipp beendete das bedrückende Gespräch. Die Lehrerin schien einverstanden zu sein, sie beide widmeten sich wieder den anderen, die diese Geschichte ihrer Kollegin bereits kannten. Philipp schaute auf die Dessertkarte und bestellte Kaffee.

Der Abend klang aus, die Rechnung wurde beglichen und jeder machte sich auf seinen Weg. Die einen waren mit dem Auto gekommen, die anderen liefen zur nächsten U-Bahn-Station. Philipp hatte sich ein Taxi bestellt, das ihn hoffentlich gleich abholen würde. Seiner Tischnachbarin wünschte er einen guten Abend und bedankte sich für das anregende Gespräch – es drehte jetzt schon Kreise in seinem Kopf.

Das Taxi roch intensiv nach Vanille, ein Duftbäumchen in Form der türkischen Flagge hing am Innenspiegel des Wagens. Der Fahrer freute sich über die Hoteladresse, die ihm Philipp ansagte, es war ein gutes Stück zu fahren bis Schöneberg, da würde er nicht schlecht verdienen. Offensichtlich gut gelaunt legte er los und redete in einwandfreier Berliner Schnauze und ohne Pause. Er quasselte über Union Berlin und die Hertha und wer besser sei, doch Philipp hörte gar nicht richtig zu. Die persönliche Geschichte seiner Tischnachbarin ließ ihn nicht mehr los, weil er sie natürlich mit seiner eigenen Geschichte in Verbindung setzte. So viele weiße Flecken gab es noch auf der Landkarte des Lebens seines Vaters. So vieles konnte er nur vermuten oder raten. Bisher war er sich sicher, dass sein Vater kein hohes Tier in der NS-Hierarchie gewesen war. Er vertraute auf sein Gefühl, dass der Vater unschuldig in diesen Apparat geraten war und sich anständig aus der Affäre gezogen hatte. Doch Zweifel blieben übrig.

Der Taxifahrer erklärte Philipp gerade, dass bald – im April – die Union wieder gegen Hertha spiele, das müsse er sich ansehen und entließ ihn vor seinem Hotel in die Nacht. Philipp ging erst spät schlafen, obwohl es schon längst Zeit gewesen wäre. Er grübelte, surfte noch im Internet, fasste Beschlüsse und packte seinen Koffer, denn am nächsten Tag nach der Schulung wollte er abreisen.

Philipp träumte lebhaft in dieser Nacht. Er war im Krieg, verteidigte eine Grenzanlage gegen heranrückende Feinde – dabei hatte er noch nicht einmal eine Waffe in der Hand. Er schob die Eindringlinge mit bloßen Händen über die Mauer zurück. Es war laut um ihn herum, es gab Explosionen, es rauchte und Flammen schlugen in den Himmel. Doch Philipp war nicht allein. An seiner Seite kämpfte sein Vater und gemeinsam hielten sie die Stellung bis zum Morgen, als Philipp aufwachte.

Trotz der kurzen Nacht fühlte Philipp sich ausgeruht, er würde heute die Schulung abschließen und gleich am Abend die Heimreise antreten. Der Traum der Nacht, der immer mehr zerrann, je mehr er versuchte, darüber nachzudenken, hatte Philipp trotz seines düsteren Inhalts nicht beunruhigt. Er hatte sich gewundert, wie Bilder von Kämpfen und Schlachten in seinem Kopf sein konnten, hatte sich gefragt, woher diese Bilder kämen. Er war froh, dass sein Vater an seiner Seite gewesen war.

In der Schule, vor den Computern, klärten sie übrig gebliebene Fragen; die Stimmung war gut, kein Misstrauen mehr. Das gemeinsame Essen im Katz Orange hatte offenbar allen gut gefallen. In einer Kaffeepause setzte sich Philipp zu der Lehrerin, die ihm die dunkle Geschichte ihres Vaters erzählt hatte. Er erklärte ihr, was in ihm vorging und was er vorhatte. Er wolle nicht mehr weiter forschen. Er wolle sich mit dem zufrieden geben, was er wusste, und die Ungewissheiten akzeptieren. Seine Fantasie hätte ihn schon ziemlich weit geführt, vielleicht sogar zu weit. Sie nickte und wünschte ihm viel Glück. Sie hätte die Fakten gebraucht, meinte sie noch, doch es gebe eben auch andere Wege. Man sehe sich bestimmt wieder und könne sich dann hoffentlich weiter darüber austauschen.

Am späten Nachmittag war alles geklärt. Philipp verabschiedete sich, seine Arbeit an der

Schule Berlin-Mitte war beendet. Er konnte ganz zufrieden sein mit dieser Schulung. Er hatte das Team befähigt, das Zeugnisprogramm routiniert einzusetzen. Jetzt zog er seinen Koffer hinter sich her, lief zum Hackeschen Markt und nahm die S-Bahn zum Bahnhof. Dort angekommen, verspürte er keine Neugier, das Bahnhofsgebäude zu verlassen, um auf dem Vorplatz den Porträtzeichner zu suchen. Diese seltsame Begegnung hatte er für sich bereits abgehakt.

Philipp hatte noch Zeit bis der Zug nach Stuttgart fuhr. Er ging in einem Imbiss eine Kleinigkeit essen und versorgte sich mit Getränken. Er würde durch die Nacht fahren und am frühen Morgen an seinem Ziel ankommen, er musste zum Glück nicht umsteigen. Noch in der Nacht zuvor im Hotel hatte Philipp daran gedacht, sein Ticket umzubuchen. Er hatte überlegt, ob er nach Osten reisen sollte, nach Thorn. Er hatte überlegt, ob er die Spur seines Vaters dort wieder aufnehmen sollte, er an dessen Geburts- oder Kindheits- oder Lebensort reisen sollte. Er hatte den Gedanken wieder verworfen. Was könnte ihm die physische Nähe zu diesen Orten noch vermitteln? Welche Ungewissheiten könnte er damit beseitigen?

Vermutlich keine. Andererseits stand die Alternative im Raum, unter alles einen Schlussstrich zu ziehen, so wie es die Lehrerin der Berliner Schule für sich beschlossen hatte. Sie hatte die Beziehung zu ihrem Vater beendet und ganz neu angefangen, Tabula rasa. Doch diese Alternative stand Philipp ohnehin nicht mehr zu Verfügung. Sein Vater war tot, die Beziehung war längst zu Ende.

Wenn Philipp eine Sache erfahren hatte auf seiner Reise nach Berlin, dann war es die Einsicht, dass nur Gespräche weiterhalfen. Ungewissheiten wären anders nicht zu ertragen. Ohne Gespräch, ohne Austausch mit anderen türmten sie sich zu monströsen Ungetümen, die einem den Weg versperrten.

Philipp machte sich dennoch keine Illusionen. Ungewissheiten würde er nicht mehr beseitigen können, dazu war es zu spät. Die weißen Flecken auf der Landkarte des Lebens seines Vaters würden weiß bleiben. Er würde nie all das erfahren, was seinen Vater angetrieben hatte. Auch seine Geschwister hatten nur begrenztes Wissen und konnten nicht viel mehr zur Erhellung des Lebenslaufs ihres Vaters beitragen. Er würde sich damit abfinden müssen, dass er nicht alles wissen konnte. Vielleicht war das auch gar nicht notwendig. Es war das Leben seines Vaters und der hatte ein Recht auf Geheimnisse, ein Recht auf Vergessen. Philipp konnte dieses Recht anerkennen. Er brauchte es nicht zu ignorieren.

Der Zug hatte längst den Bahnhof verlassen und nahm Fahrt auf. Philipp war jetzt ausreichend müde und ließ sich ohne Widerstand in den Schlaf schaukeln. Um Mitternacht wachte er auf, als der Zug planmäßig in Frankfurt stoppte. Ein Halbmond lugte durch die Wolken, ansonsten war es tiefdunkel. Philipp schlief wieder ein, als der Zug weiterfuhr. Er hatte eine weite Reise unternommen, aber jetzt war er auf dem Heimweg.

Ottos Traum

Sein Vater hat ihn gerufen. Er soll jetzt die Arbeit beenden. Sie müssten reden. Das Abendbrot stehe schon auf dem Tisch.

Otto will gleich kommen, er will noch den Braunen abhalftern und ihn im Stall mit Heu versorgen. In zehn Minuten sei er da, ruft er zurück.

Den ganzen Tag war er auf dem Feld mit dem Braunen. Er ist alt genug und groß und geschickt im Umgang mit dem Gaul. Sein Vater lässt ihn jetzt schon allein mit dem Pferd auf den Acker. Das Feld haben sie dazu gepachtet, auf dem Hof läuft es gut. Sie verdienen Geld mit ihren Kartoffeln. Sie können sich etwas leisten.

In der Küche ist das Abendbrot gedeckt. Sein Vater sitzt am Tisch und seine Mutter daneben. Sie lächelt ihn an, sie weiß von dem, was der Vater mit ihm zu besprechen hat. Sein Bruder Adolf ist noch nicht zu Hause. Seit er letztes Jahr bei Ventzki in der Maschinenfabrik angefangen hat, wird es abends immer etwas spät für ihn. Adolf wird wohl bald nach Graudenz ziehen, wegen der langen Wege. Im Winter wäre das Pendeln für ihn zu mühsam.

Die Mutter füllt seinen Krug mit Bier. Seit er achtzehn geworden ist und auf dem Hof mitarbeitet, von morgens bis abends, behandeln seine Eltern ihn wie einen erwachsenen Mann. Otto nimmt sich Wurst vom großen Teller und eine Scheibe Brot.

Sprich das Tischgebet und dann kannst du essen. Die Mutter weist ihn augenzwinkernd zurecht. Otto hat Hunger. Er sagt das Gebet auf, dann beißt er kräftig in sein belegtes Brot.

Ottos Vater ist ernst. Hat er Sorgen? Otto wüsste nicht, was ihm gerade Probleme bereiten könnte. Sie essen schweigend. Die Mutter räumt die Teller in die Spüle, als sie mit Essen fertig sind, und setzt sich wieder zu den beiden Männern an den Tisch. Der Vater redet.

Sie würden sehr gut wirtschaften, meint er. Seit Otto mitarbeite, gehe es gut voran. Mit dem dazugepachteten Feld würden sie dieses Jahr noch bessere Erträge erzielen. Aber Otto sei jetzt alt genug, er sei erwachsen und er wisse ganz genau, dass er bald nicht mehr mit den Eltern zusammenleben könne. Sie müssten überlegen, wie es auf dem Hof weitergehe.

Das Haus ist zu klein für uns alle, meint der

Vater, und dann wirst du irgendwann selbst eine Familie haben. Kinder werden herumspringen und wir werden alt sein, der Vater blickt zur Mutter, wir werden dann kein Kindergeschrei mehr ertragen wollen. Wir haben einen Ruhesitz gefunden, nur zwei Höfe weiter. Der alte Hendrichs, zieht zu seinem Sohn. Er verkauft uns sein Haus. Und du, Otto, du wirst unseren Hof übernehmen und wieder mit Leben füllen.

Otto ist zunächst sprachlos, dann redet er doch: Vater, Mutter, ihr seid nicht alt. Ihr seid gesund und wenn etwas ist mit euch, dann werde ich mich um euch kümmern.

Ottos Vater winkt ab. Mutter und ich haben das so besprochen, du musst nur noch Ja sagen, dann gehört der Hof dir. Das Erbe für deinen Bruder regeln wir noch, mach dir darüber keine Gedanken.

Otto hat es immer gefallen auf dem Hof. Er liebt die Arbeit auf dem Feld, er liebt die Tiere und er hat sich viel von Vater abgeschaut. Er weiß, wie er den Hof bewirtschaften muss. Nur zu gern will er hier leben und arbeiten. Adolf, seinen Bruder, hat es immer weggezogen, den faszinieren die Maschinen. Der fühlt sich wohl bei Ventzki in der

Fabrik. Doch er will mit der Erde arbeiten und mit lebendigen Wesen.

Seit einem halben Jahr trifft er sich mit Margret aus dem Nachbardorf, seine Eltern wissen noch nichts davon – meint er zumindest – in den Dörfern spricht sich alles schnell herum. Sie ist Schneiderin, sie lernt es gerade. Wenn sie sich bei der Ruine getroffen haben, bei der alten Engelsburg, dann sind sie auf der Wiese gesessen und haben gesponnen, wie ihr Leben weiter gehen könnte. Er will mindestens zwei Kinder, sie könnte sich auch drei oder vier vorstellen. Er würde Bauer sein mit einem großen Hof, sie werde Schneiderin für das Dorf, da gab es genug Bedarf. Es würde gut gehen, sie hätten genug Geld und vielleicht könnte er irgendwann einen Knecht einstellen, der ihm auf dem Hof hilft.

Und jetzt ist es so, dass Ottos Vater genau diese Zukunft für ihn wahr werden lässt. Die beiden werden in der Nähe wohnen. Er wird für sie sorgen. Und Kinder werden auf dem Hof herumspringen. Er wird ihnen alles beibringen und sie trösten, wenn sie einmal weinen müssen. Sonntags wird sein Bruder zu Besuch kommen, aus Graudenz. Vielleicht wird er irgendwann eine

Verlobte mitbringen. Und er und Margret werden sie alle bewirten und werden gute Gastgeber sein. Sie werden großzügig sein. sie werden glücklich sein. Keiner wird ihnen dieses Glück streitig machen.

Philipps Traum

Der Vater saß schon auf seiner Maschine, das Visier noch offen, aber startklar.

Wo bleibst du Philipp?

Philipp hatte sich gerade noch von der Mutter verabschiedet. Sie hatte ihn ermahnt, vorsichtig zu sein und nicht zu rasen. Sie winkte ihrem Mann zum Abschied.

Jetzt ging es los! Philipp zog die Handschuhe an und setzte den Helm auf. Er schloss das Visier, gab seinem Vater das Zeichen und sie fuhren mit röhrenden Motorädern aus dem Hof und auf die Straße. Der Vater fuhr voran.

Diese Reise hatten sie schon lange geplant, sein Vater und er, seit einem Jahr, um genau zu sein. Zunächst hatte sein Vater gezögert, doch dann hatte ihm Philipps Vorschlag immer besser gefallen und sie hatten jeden Abend zusammen gesessen und ihre Route geplant. Philipps Vater sollte ihn zu den wichtigsten Stationen seines Lebens führen, ihm alles zeigen und ihm erzählen, was dort passiert war. Nach Thorn und Engelsburg sollte es gehen, natürlich, da war der Vater aufgewachsen. Und auch wenn der Vater kurz seine Stirn runzelte, so war er dann doch einverstanden, dass sie über Dresden in den Osten fuhren und dort ein paar Tage verbringen wollten.

Und so waren sie losgefahren auf ihren schweren Motorrädern. Vaters Maschine hatte lange in der Garage gestanden, er hatte sie nur noch selten benutzt. Philipp hatte ihm geholfen, sie wieder auf Vordermann zu bringen. Jeden Samstag hatten sie beide in der Garage verbracht. Philipp selbst hatte gerade den Motorradführerschein gemacht. Der Vater kannte sich aus mit Motorrädern und sie fanden schnell bei einem Händler eine gebrauchte Maschine. Der Vater hatte zu Philipps Ersparnissen noch etwas Geld dazu gegeben.

Dresden hatte sich verändert, doch der Vater kannte noch die Orte, an denen er kämpfen musste und an denen er Schlimmes erlebt hatte. Sie sprachen ausführlich darüber, wenn sie am Abend auf dem Campingplatz vor ihrem Zelt zusammen saßen. Dann ging es weiter nach Thorn und Engelsburg. Vaters Miene hellte sich auf, als er den elterlichen Hof sah, der wieder bewirtschaftet wurde. Sie durften sogar das Haus von Innen besichtigen, als sie angeklopft haben und sich der Vater mit holprigem, aber offensichtlich verständlichem Polnisch als ehemaliger Bewohner des Hofes vorstellte. Die Familie war freundlich und hatte sie zum Kaffee eingeladen.

Die weiteste Strecke, die sie danach zurückzulegen hatten, ging über die Alpen nach Italien. In der Nähe von Bozen konnte der Vater nur noch vermuten, wo das Internierungslager gewesen sein sollte. Sie hatten es nach dem Krieg natürlich abgebaut.

Sie fuhren noch südlicher, an der Tyrrhenischen Küste entlang. An manche Orte erinnerte sich der Vater noch und sie hielten an, machten Pause in italienischen Straßencafés und der Vater erzählte von den jungen Soldaten, die hier gestorben waren und wie viel Glück er doch hatte.

Sie verbrachten noch eine ganze Woche am Meer, sprangen in die Wellen und redeten den ganzen Tag und auch am Abend. Nebenbei ließ sich Philipp Ratschläge geben von seinem Vater, wie er bei seinem anstehenden Kriegsdienstverweigerungsverfahren am besten vorgehen sollte. Die Ratschläge waren hilfreich und Philipp machte sich Notizen, damit er nichts vergaß. Am Ende meinte sein Vater, am einfachsten sei es doch, wenn er bei Philipps Anhörung vor der Prüfungskommission mitkomme. Er könne den Richtern und Beisitzern sehr gut erklären, dass Philipp auf keinen Fall zur Bundeswehr und in den Kriegsdienst gehe. Philipp war damit einverstanden.

Dann fuhren sie nach Hause, die Geschwister waren neidisch auf ihre Reise, doch keiner war wirklich böse. Philipp hatte seinem Vater beim Abschied geraten, sich doch hinzusetzen und alles aufzuschreiben, was er erlebt hätte. Er hätte viel zu erzählen. Der Vater nickte und versprach es.

Danke

Ich bedanke mich bei meiner Frau Barbara, die die ersten Versionen meiner Texte kritisch gelesen und mich zum Weiterschreiben ermutigt hat. Großer Dank geht an meine Tochter Sofie Raff, die bereits viele Kapitel redigiert hatte und nur durch widrige Umstände an der Weiterarbeit gehindert wurde. Bis zum Schluss hat sie mir mit vielen professionellen und verblüffenden Anregungen weitergeholfen. Meine Geschwister - besonders Günter, Ede, Otmar und Klaus – haben mir das Material über unseren Vater überlassen, das ihnen selbst zur Verfügung stand. Auch wenn es nicht viel war, so hat es doch wesentlich zur Vervollständigung des Textes beigetragen. Ein herzlicher Dank geht an Merle Föhr, die den Roman lektoriert und mir viel positive Rückmeldung gegeben hat.

März 2022

Über den Autor

Der Autor Ulrich Sichau wurde am 24. März 1955 in Worms geboren. Er studierte Germanistik, Pädagogik und Philosophie in Mainz und Tübingen. Nach dem Studium und Zivildienst war er Geschäftsführer einer soziokulturellen Gesellschaft und Mitbegründer des Kulturcafés Nepomuk in Reutlingen. Anschließend arbeitete er fünfzehn Jahre als Programmierer und Projektleiter in der IT-Branche und weitere fünfzehn Jahre als Gymnasiallehrer für die Fächer Deutsch, Geschichte und Gemeinschaftskunde. Ulrich Sichau ist verheiratet und hat zwei Kinder. Heute lebt er als Rentner in Tübingen.

Bisherige Veröffentlichungen:

Verpackt: Ein Bilder- und Lesebuch zur Warengesellschaft BRD
Verlag: Trotzdem-Verlag, Reutlingen, 1979
ISBN 13: 9783922209034 / ISBN 10: 3922209033

Abenteuer auf Laxos, Kinderbuch
Verlag: Books on Demand, 2021,
ISBN-13: 9783754301067 / ISBN-10: 3754301063